France Gall
Le destin d'une star courage

GRÉGOIRE
COLARD
ALAIN
MOREL

France Gall

Le destin d'une star courage

BIOGRAPHIE

J'AI LU

Grégoire, la mémoire

La première fois que j'ai rencontré Grégoire Colard, en 1978, j'étais terrorisé. Pourtant, j'avais déjà une dizaine d'années de journalisme derrière moi, mais, dans le domaine du spectacle et particulièrement de la chanson, je débutais, et lui, considéré comme la nouvelle star des attachés de presse, y régnait en maître.

Il représentait surtout la plupart de mes idoles, comme Barbara, Birkin, Gainsbourg et des groupes internationaux comme les Queen, et, bien sûr, France et Michel Berger que je ne connaissais pas du tout, et qui se réfugiaient, dans une volonté de discrétion virant au mutisme, derrière lui.

Entre nous, le courant passa tout de suite. Sans doute grisé par un succès précoce dû à son charme qu'il ne pouvait ignorer, il avait certes quelque chose d'hautain. Sa causticité naturelle le rendait un rien snobinard, mais son mépris pour un show-biz de paillettes et sa passion pour les artistes véritables me convenaient parfaitement.

Mondain mais jamais familier, épicurien mais jamais vulgaire, susceptible à l'extrême mais jamais rancunier, au jeu de l'ego il n'était pas le dernier mais ce beaucoup plus par besoin de reconnaissance que par abus de confiance. Il n'a d'ailleurs jamais changé.

Nous avons, en tout cas, entamé une collaboration d'aujourd'hui près de trente ans qui fut parfois ponctuée d'engueulades sainement musclées mais toujours empreintes d'une tendre complicité. Et, curieusement, sans que rien ne soit orchestré ni franchement coordonné, nous avons vécu à tour de rôle dans la confiance étroite et les petits ou grands secrets de France et de Michel, de Michel ou de France.

Je me suis donc réjoui qu'il se soit attelé, il y a une quinzaine d'années, à la rédaction des souvenirs de la belle, sous son contrôle, et me suis senti triste qu'elle ait finalement renoncé à leur publication, parce que les circonstances de la vie semblaient leur donner un caractère indécent, voire opportuniste.

Et puis, voici quelques mois, suite à une heureuse rencontre avec un éditeur, Grégoire me confiait son manuscrit sur France, et me demandait si nous pouvions faire équipe pour reprendre le texte afin de l'harmoniser avec une suite. Il est vrai qu'aujourd'hui les talents et la vie de France Gall ne s'apparentent plus seulement à une formidable carrière mais à un destin hors du commun.

Alain MOREL

Alain Morel, le destin

Quand j'ai appris que France avait choisi Alain Morel pour lui servir de fil rouge anonyme, derrière les caméras, dans l'autobiographie télévisuelle que produisaient France 3 et Didier Varrod, en 2001, j'ai été non seulement content mais un peu ému. Comme je l'avais été lorsqu'elle lui avait demandé de rédiger la biographie de Michel Berger qui a été jointe au coffret publié par Mercury de l'intégrale de ses œuvres. Après tout, je n'étais pas pour rien dans la confiance qui s'était instaurée entre le journaliste et l'artiste et puis la présence d'Alain était une garantie, à la fois de profondeur et de pudeur. Surtout, je me sentais moins écarté de la saga de ce couple mythique, dont j'avais été séparé par les aléas de la vie, mais qui avait tout de même occupé, pour ne pas dire accaparé, une partie essentielle de mon existence.

Alain, je l'avais rencontré quand j'étais attaché de presse et j'avais tout de suite apprécié, outre la qualité de sa plume, son art de séduire ses interlocuteurs sans pour autant les racoler, son savoir-faire pour obtenir des confidences rares et les transcrire sans trahison à l'intention de toutes sortes de publics.

Cœur à la fois volage et furieusement fidèle, gourmand de tout mais travailleur immodéré, moqueur chronique mais dénué de toute cruauté, souvent de mauvaise foi mais... en toute bonne foi, il est devenu un ami au fil d'expériences multiples, tant auprès des artistes que je défendais que par nos travaux communs dans l'édition, la presse, la télévision ou à la radio.

Alors, j'ai eu peur quand, il y a onze ans, sur un court de tennis, il a été victime d'un infarctus heureusement sans conséquence fatale, trois années presque jour pour jour après avoir passé aux côtés de Michel Berger un après-midi qui allait être le dernier de la vie de l'artiste. Ce jour-là, le 2 août 1992, après plusieurs heures d'interview avec Alain, Michel avait décidé de frapper quelques balles face à deux de ses amies et avait dû interrompre la partie, victime du premier des trois malaises cardiaques qui lui ont ôté la vie.

La France entière avait alors été plongée dans une douloureuse et profonde consternation. Alain, lui, ne s'en est jamais tout à fait remis. Il m'est souvent arrivé de craindre que traumatisme ne rime avec mimétisme.

Je me suis soumis de bonne grâce aux mille questions qu'il m'a posées sur mes seize années d'intimité avec France et Michel, notamment avant qu'il ne fasse leur connaissance.

Grégoire COLARD

France, l'étoile de Berger

Sur le piano blanc qui trône dans le grand salon de cette drôle de maison, une isba en bois cachée au fond d'une impasse du XVIe arrondissement de Paris, les photos d'elle et de lui n'ont rien d'une illusion. Des clichés en noir et blanc, magnifiques, arrogants d'évidence. Michel et France s'y enlacent sans ambiguïté. L'air plus qu'amoureux.

Le jeune homme, l'attaché de presse comme on dit, s'en veut de ne plus pouvoir prendre un air détaché. Depuis deux mois qu'il travaille avec « son » artiste, il sait qu'il ne lui a encore posé aucune question sur sa vie privée. Maintenant, c'est trop tard. Le piège se referme.

De toute façon, qu'aurait-il pu lui demander à ce garçon pudique et timide à l'extrême ? « Et vous, Michel, côté vie privée, où en êtes-vous ? — De ce côté-là, ça va bien », aurait marmonné l'autre, sur un ton évasif, tout en baissant la tête. Jamais il n'aurait cité le prénom de France.

— Grégoire, je vous ai fait venir ce matin… Cela vous ennuie si on se tutoie ? Merci… Grégoire, je t'ai fait venir, enfin, j'ai désiré que tu viennes ce matin pour te faire écouter les neuf nouvelles chansons de France Gall. Je les ai composées et écrites spécialement pour elle et je serais heureux que tu les mettes en valeur auprès des médias.

Dans la tête de Grégoire, c'est une séance d'autotamponneuses qui s'improvise. « France Gall ? Alors, ça, non ! Je ne veux pas m'occuper d'elle ! Mais comment dire non à Michel ? Je vais prétendre que je suis trop débordé... Oui, mais il sait que je viens de me libérer de plein d'obligations pour mieux me consacrer à lui, et, à sa demande, à la grande petite dame de la chanson, Mireille, dont il produit le nouveau disque. Quelle galère ! » Aucun son ne sort. Juste un sourire trop courtois pour être honnête et dénué de tout signifiant. La solitude de l'attaché de presse toujours partagé entre la hargne volontaire de convaincre et le sens inné de la diplomatie séductrice.

Nous sommes alors en décembre 1975 et Grégoire, fièrement perché sur son premier quart de siècle, croule sous les propositions alléchantes. Avec la promotion des *Mots bleus* de Christophe, il vient de battre le record de l'année des passages radio et caracole en tête des hits. Juste avant, c'était *L'Aigle noir* de Barbara. Et toutes les maisons de disques lui proposent leurs artistes « phares » à promouvoir : Gainsbourg, Birkin, Chamfort, les Queen. Il n'a que l'embarras du choix.

Dans ce contexte, France Gall n'a rien, pour lui, d'une nécessité. Certes, ado, il la trouvait plutôt mignonne et n'a pas lésiné sur l'écoute amusée de ses titres comme *Sacré Charlemagne*, *Poupée de cire, poupée de son*, ou *Les Sucettes*. Un jour, il s'est même disputé avec son père qui, comme pas mal de gens, trouvait la voix de la jeune fille un peu agaçante. Mais, avec le temps, malgré les couvertures récurrentes de *Salut les copains*, le mythique magazine pour *teenagers* créé par Daniel Filipacchi, où elle apparaissait tantôt seule, tantôt avec Claude François puis Julien Clerc, il s'était désintéressé d'elle.

Bien qu'étalée un peu partout, la vie privée de la jeune vedette lui était indifférente et il trouvait ses chansons, d'ailleurs plus rares sur les ondes, nettement moins attrayantes qu'auparavant. En outre, le public ne semblait plus vraiment adhérer à sa carrière et les ventes de disques s'en étaient ressenties au point de considérablement chuter...

Il y a un an et demi, pourtant, en 1974, le soir de l'élection de Valéry Giscard d'Estaing à la présidence de la République, elle l'avait ébloui en surgissant sur le plateau de variétés des Buttes-Chaumont, où des chanteurs alternaient avec l'énoncé des résultats partiels. Superbement moulée dans une veste noire à paillettes multicolores, les cheveux blonds en cascade le long de son dos, elle était sublime. Et puis, il avait vraiment apprécié sa nouvelle chanson, *La Déclaration*, qu'elle interprétait pour la première fois à la télévision.

Dans les coulisses où chacun se congratulait déjà à propos des bons scores de Giscard, il s'était même, une coupe de champagne à la main, frayé un chemin vers elle pour la féliciter. Son remerciement distant et distrait, distillé à la dérobade alors que lui-même se croyait sorti de la cuisse de Jupiter, l'avait vexé. Quelle péronnelle !

Fidèle à l'image qu'elle lui avait laissée d'elle lorsqu'il l'avait croisée dans les backstages où elle escortait Julien Clerc, dissimulée de façon ridicule derrière d'énormes lunettes noires et sous une perruque de même couleur. Se cachait-elle, gênée que la mode l'abandonne ? Il s'était alors posé la question, avec un peu de peine pour elle.

Mais voilà, la blondine évaporée, déjà un peu has-been, à la carrière peut-être derrière elle, était devenue la « blonde » de Michel, l'étoile du Berger désireux de la faire à nouveau scintiller. Il fallait trancher vite, sans décevoir Michel, sans risquer de briser l'harmonie complice qui, en quelques semaines, le liait déjà à lui. Les médias commençaient à adorer ce garçon surdoué dont l'improbable mutation d'auteur-compositeur à succès en interprète magnétique se déroulait on ne peut mieux et emplissait de fierté son nouvel équipier.

La confiance s'était établie entre les deux jeunes hommes de façon immédiate et lumineuse. L'idée de l'écorner était insupportable et le dilemme cruellement posé.

C'était André Torrent, célèbre animateur sur RTL et garçon tout à fait adorable, qui avait favorisé leur collaboration. Michel, en quête d'un attaché de presse, l'avait questionné au sujet de Grégoire dont il avait entendu parler et le dialogue avait été clair :

— C'est quelqu'un de bien ?

— Humainement, je n'ai aucun doute et, professionnellement, c'est un garçon qui devrait adorer ta musique et sa couleur. Il apprécie ce qui est nouveau, différent, original et déteste la variété française qu'il trouve souvent « franchouillarde » !

— Parfait ! s'était contenté de répondre l'artiste avec ce semi-sourire qui caractérisait sa réserve naturelle.

Torrent avait vu juste. Depuis deux ans déjà, malgré la confidentialité de son œuvre, l'attaché de presse avait repéré l'artiste, s'était secrètement emballé pour *Écoute la musique* et usait les diamants de sa chaîne hi-fi en y faisant inlassablement tourner l'album éponyme dont la couverture affichait un énorme cœur rouge brisé.

Pour me comprendre, *Donne-moi du courage*, *Attends-moi*... Rien que pour ces trois titres chantés par Berger, Grégoire aurait accepté sur-le-champ, et sans parler de conditions financières, de défendre l'album. Mais là, c'est le futur disque de France que Michel veut lui faire entendre afin qu'il donne son accord pour le promouvoir aussi.

Un heureux sens de l'à-propos diffère provisoirement la gêne :

— Michel, je ne veux pas l'écouter maintenant. Je préfère le faire chez moi, plus tard, tranquillement. Pour écrire, peaufiner, enregistrer ces chansons, il t'a fallu du temps. C'est la moindre des choses que j'en prenne aussi pour les apprécier à leur juste valeur.

— Oh, bien sûr. Je trouve cela normal. Rappelle-moi après.

Au volant de sa voiture, l'attaché de presse se sent soulagé. Il a le net sentiment d'avoir échappé à une vraie galère et pousse un long soupir. Et puis il râle ensuite en silence : « Qu'il soit amoureux d'elle, c'est son problème, pas le mien ! Pourquoi me demander de travailler pour cette fille qui professionnellement est au plus bas alors que moi, je cartonne ? Cela m'énerve qu'il me le propose ! »

Une fois rentré chez lui, il sort quand même le 33 tours de sa pochette, le pose sur sa platine et entame une écoute qu'il prévoit ennuyeuse. C'est alors que tout bascule...

Dès le premier morceau, c'est l'étonnement positif, au second la captation totale, à partir du troisième, le bouleversement. Toutes les chansons donnent à notre homme la certitude qu'il peut aider à en faire des tubes. *Samba Mambo, Comment lui dire*... le sidèrent par leur évidence.

Balayés ses préjugés, envolés ses doutes : France Gall peut faire un triomphal *come-back* ! Il y a là un ton absolument original, différent de tout ce qu'on peut entendre alors, avec des mélodies modernes, « américaines », un *beat* décapant. De plus, la voix de France a perdu toute minauderie et se décline un peu plus qu'avant dans les basses.

Ce n'est plus la même interprète. Exit la femme-enfant, la lolita qui en exaspérait plus d'un. On découvre une personne épanouie qui affirme ses émotions d'adulte.

Les textes qu'elle interprète avec une infinité de nuances la révèlent tout à la fois sensible, ouverte, chaleureuse et grave. Les mots d'ailleurs sont en telle fusion avec la musique qu'il semble impossible de déterminer d'où naît le rythme des chansons.

Le professionnel est aussitôt convaincu d'avoir avec ce disque du matériau solide pour pouvoir affronter les pires programmateurs radio, les plus exigeants producteurs de télévision et tous les autres décideurs du métier. « Cela va être du gâteau ! »

Dans ces moments-là, le métier d'attaché de presse s'avère exaltant. Un métier mal connu du public, qui ignore qu'à chaque fois qu'un artiste apparaît sur un écran de télévision, c'est grâce au travail de fourmi des gens qui l'entourent. Il est évident que ce n'est pas le chanteur qui va aller se vendre lui-même : « Mes nouvelles chansons sont fantastiques. Écoutez, j'ai beaucoup de talent ! » Ce serait ridicule et indécent.

Appeler Michel Drucker, les Carpentier, Guy Lux et autres, leur faire écouter les disques avec attention pour solliciter leurs avis objectifs, leur demander une date de passage en fournissant des informations de marketing sur les artistes concernés, décider ensemble du nombre de chansons à interpréter, choisir éventuellement, s'il s'agit déjà d'une vedette, le réalisateur, l'ingénieur lumière, le décorateur, etc., c'est un job assez difficile, qui ne laisse aucun droit à l'erreur.

Pour une chanteuse comme France Gall, dont l'image n'est plus vraiment « tendance » depuis quelque temps, la vraie difficulté va être d'obtenir des rendez-vous. Et le combat menace d'être rude. L'objectif est que les professionnels écoutent ce disque somptueux. Dès lors, ils ne pourront que l'apprécier, et même l'adorer.

Au téléphone, il faut d'abord tenir à Michel le discours le plus clair possible. Il semble comprendre la situation. On sait qu'il est un autodidacte parfait et qu'il aime décider de tout, que ce soit la production, l'édition, la direction artistique, les arrangements, sans oublier l'écriture et la composition.

N'oublions pas que, comme il l'a raconté, après avoir produit le premier album de Véronique Sanson, avec son titre phare *Amoureuse*, il avait tenu à se battre lui-même auprès des programmateurs radio et que cela s'était très mal passé. Il avait entre autres péniblement supporté les critiques de Janine Leroy, la directrice des programmes de France Inter, qui lui avait asséné : « Cette chanteuse ne fera jamais rien ! » Tout le monde peut se tromper, puisque, dès la sortie du disque, la belle était numéro un des ventes !

Il avait alors réalisé que la promotion n'était décidément pas son métier. Maintenant, il se déclarait prêt, pour la première fois de sa vie, à s'en remettre à quelqu'un d'extérieur, à lui donner entièrement carte blanche. La mesure de sa confiance s'avérait, pour Grégoire, un bon atout.

Mais l'atout majeur dans cette aventure serait surtout l'incroyable investissement de Michel. Cet album, en effet, n'était ni un coup de cœur, ni un coup de fric, mais un acte d'amour, réfléchi, pesé, construit. Il suffisait, pour s'en convaincre, de lui laisser raconter à Grégoire toute l'aventure, avec ses propres mots :

« Si tout ceci a pu avoir lieu, c'est à la suite d'une succession de rencontres plus ou moins fortuites entre France et moi. La première lors d'une émission de radio, dans les studios d'Europe 1. Marie-France Brière y produisait "5,6,7" un show public en direct, présenté par Jacques Ourevitch. Le tout consistait en une succession de chanteurs et France était là. Dès qu'elle m'a vu, elle s'est approchée de moi, s'est présentée et m'a demandé si je voulais lui écrire une chanson. Sans réfléchir, j'ai dit non aimablement, mais j'ai tout de même dit non !

« Il faut comprendre qu'on ne cesse pas de me demander des titres et que cela ne me dit rien. La seule chose qui peut m'intéresser, c'est d'écrire un album entier pour quelqu'un que je ressens, sûrement pas une chanson pour une artiste que je ne connais pas.

« J'ai donc dit non à France. Par contre, je l'aurais bien invitée à dîner ! Elle était hypermignonne ! Mais ça, je n'ai pas osé !

« Elle est pourtant revenue à la charge, proposant de me faire juste écouter la maquette de son prochain disque. J'ai accepté car cela me permettait de la revoir... Malheureusement, quand nous nous sommes effectivement revus, ce qu'elle m'a fait entendre m'a navré. Il n'y avait aucune unité entre les chansons. Cela partait dans tous les sens. Rien ne se tenait et les morceaux auraient aussi bien pu être interprétés par n'importe qui d'autre qu'elle.

« Je ne voyais vraiment pas ce que je pouvais faire et je me suis contenté, lâchement, de lui dire que c'était un très joli disque ! Mais j'ai vu à sa tête qu'elle avait tout compris. En tout cas, ce n'était toujours pas le moment idéal pour l'inviter !

« Les jours suivants, en repensant à cette écoute, j'ai tout de même réalisé que si je n'avais pas aimé ce que chantait cette fille, j'avais quand même été assez impressionné par sa voix. Celle d'une vraie musicienne.

« Son image d'artiste tournait de façon obsédante dans ma tête. Ce que je ne pouvais pas oublier, c'était ses apparitions à la télévision, dans les shows des Carpentier, par exemple, où elle acceptait d'être déguisée en sirène avec une queue en écaille mais aussi dans les journaux de jeunes où on la voyait dans les pages beauté avec des concombres sur le visage. Comment une chanteuse pouvait-elle en arriver là ? Elle n'avait que vingt-sept ans, et ce qu'elle acceptait de faire pour exister aux yeux du public, je trouvais cela terrible, un tribut insurmontable.

« Dans les mois qui suivirent, j'ai écrit à ma propre intention une chanson intitulée *Mon fils rira du rock'n roll,* où une voix féminine devait intervenir. Je me suis alors souvenu du plaisir que j'avais eu en écoutant France et je l'ai appelée. Elle a aussitôt accepté de faire un essai au Studio parisien.

« Là, j'ai été stupéfait ! Elle s'est adaptée spontanément à une mélodie qu'elle n'avait jamais entendue, a demandé de son propre chef si elle pouvait rectifier des trucs qu'elle n'aimait pas dans son interprétation et, en une heure, c'était en boîte ! Incroyable. Si j'avais engagé une vraie choriste, cela n'aurait jamais donné ce résultat.

« J'avais non seulement une véritable pro en face de moi, mais une artiste exceptionnelle. Je découvrais un vrai feeling et une musicalité parfaite. France se servait de sa voix comme d'un instrument, avec un swing naturel époustouflant.

« À la suite de l'enregistrement, nous nous sommes vus régulièrement. Elle me faisait écouter les disques qu'elle préférait pour me donner des idées sur ce qu'elle aurait aimé chanter. Elle me parlait d'elle, de sa carrière, et moi, je la regardais ! Nos vies personnelles ne nous permettaient pas de nous laisser glisser vers des terrains plus intimes, car elle n'était pas libre et moi non plus, mais l'idée m'en taraudait de plus en plus !

« Cela me gênait, mais c'était comme ça. Un jour, je me suis surpris à composer une chanson pour moi, en pensant à elle, sur des mots qu'elle me dictait sans le savoir mais que je n'aurais jamais osé lui murmurer. C'était *La Déclaration* !

« Quand je lui ai fait écouter ce titre, elle n'a d'abord pas perçu le sens de ma démarche. Elle a cru que c'était juste une chanson, comme ça, pour qu'elle l'interprète, une déclaration d'amour d'une femme à un homme. Elle a, heureusement, trouvé cela très original, et, très excitée, elle a tenu à ce que je la lui joue plusieurs fois de suite.

« Peu à peu, j'ai vu le doute transparaître sur son visage. Elle a compris que ces mots d'amour étaient les miens. Les miens écrits pour elle. Elle s'est mise alors à rougir et cela m'a fait totalement craquer !

« Finalement, je lui ai donné cette chanson après qu'elle eut insisté et re-insisté pour l'avoir, jusqu'à proposer de la produire elle-même avec ses propres deniers. De toute façon, moi, à cette époque, je n'aurais pas pu.

« Mais tout n'était pas réglé pour autant. Il fallait lui trouver une maison de disques et personne ne se bousculait : les ventes de son dernier 45 tours avaient été pratiquement égales à... pas grand-chose ! Quand un directeur artistique avait l'air emballé, comme Pierre Sberro chez Polydor, c'était le P-DG qui, en dernier ressort, refusait violemment. "France Gall, c'est un cheval de non-retour !" a même déclaré l'un des plus importants, dont je tairai le nom !

« Patrick Villaret, qui gérait Colline, ma société d'édition, s'est rendu alors chez Barclay, à Neuilly, où avait lieu chaque vendredi une grande réunion où tout le monde décidait de ce qui devait être retenu parmi les dizaines de maquettes proposées.

« S'y trouvaient tous les pontes de la direction, sauf le grand patron, Eddie Barclay. Un ami à moi y a assisté et m'a tout raconté ensuite.

« Une réunion "historique", puisque non seulement ce jour-là ils ont refusé le disque de France mais aussi le fameux *Bimbo*, de Laurent Rossi, qui a vendu ailleurs près de deux millions d'exemplaires. Dans la foulée, ils ont aussi rendu son contrat à Michel Sardou... qui est devenu star dans les six mois ! Eddie Barclay, apprenant plus tard les conséquences de son absence, est alors entré dans une telle colère qu'il a viré tous ceux qui avaient participé à cette réunion, dont mon copain !

« Il ne me restait pas d'autre solution, après ces échecs répétés, que d'aller voir Bernard de Bosson, le P-DG de WEA, qui m'avait signé moi-même en tant qu'artiste. Cela me paraissait évident qu'il ne se montrerait pas chaud du tout, pour la simple raison qu'il venait justement de rendre son contrat à France, quelques mois plus tôt. Alors, la réengager !

« Mais il a adoré *La Déclaration* et a signé en deux temps trois mouvements ! Je peux te dire que j'étais soulagé. C'était parti ! Un autre single, *Aime-la,* a suivi et voici cet album[1] ! »

*
* *

Michel semble heureux d'avoir raconté tout cela à celui qui va maintenant être à ses côtés pour mettre la carrière de France en valeur.

Le rendez-vous qu'il organise, le lendemain de cette longue séance de confidences, entre sa muse et « leur » attaché de presse se déroule merveilleusement. Tout le monde est d'accord et une belle aventure peut commencer, qui durera entre eux trois près de seize années. Mais l'histoire de France, si on ose le jeu de mots, a débuté bien avant...

1. Entretien avec Grégoire Colard.

L'histoire de France

« Isabelle Geneviève Marie Anne Gall est née le 9 octobre 1947, avenue du Général-Michel-Bizot, à quatre heures du matin. »

Ce télégramme n'a jamais existé. Quel journal aurait passé l'info ? Ce bébé est certes adorable mais totalement inconnu. C'est quelques années plus tard que le public saura que ce jour-là est née la future France Gall, baptisée Isabelle, fille de Robert et de Cécile Gall. Mais, pour ses parents, la venue d'une petite fille est un événement qui les comble, après la naissance de deux garçons, Patrice et Philippe, des jumeaux.

France a toujours gardé de sa tendre enfance le souvenir d'une période merveilleuse, protégée, chaleureuse. Son père est un homme jovial, sa mère une femme très douce. Certes, la famille ne roule pas sur l'or et l'appartement familial, situé dans le XIIe arrondissement de Paris, près du bois de Vincennes, ne comporte que quatre petites pièces, mais les trois enfants rivalisent de batailles de polochons et de rires en cascade. Isabelle, que tout le monde appelle « Babou », doit partager la chambre de ses frères, deux vrais petits diables qui l'adorent et la chouchoutent.

Leurs parents reçoivent souvent des amis à dîner et ont l'habitude de consigner alors les enfants dans leur chambre comme cela se fait beaucoup à l'époque. Les adultes d'un côté, les enfants de l'autre, qui en profitent pour s'adonner à leur occupation favorite : chanter à tue-tête tout ce qui leur vient à l'esprit, jusqu'à du Beethoven. En général, cela commence bien, avec des tierces et des harmoniques de voix bien placées, mais, jeunesse oblige, le concert improvisé dégénère rapidement en hurlements déchaînés. Cela peut durer une bonne heure et finit immanquablement par avoir raison des nerfs des parents…

D'où les enfants Gall tiennent-ils ce goût pour la musique ? Entre autres, de leur père, compositeur de chansons, et de leur grand-père maternel, Paul Berthier, fondateur de la fameuse manécanterie des Petits Chanteurs à la Croix de Bois. De toute façon, tous les oncles et tantes, cousins et cousines jouent d'un instrument ou chantent lors d'immenses et régulières réunions de famille.

Mais Robert Gall a aussi une grande passion pour le sport et entraîne régulièrement ses fils au bois pour de longues parties de football. Isabelle suit immanquablement, adorant alors se mêler au jeu. Il n'est pas question pour elle qu'on la traite en petite fille fragile et qu'on la laisse à la maison. Ses frères sont ses modèles et elle veut tout faire comme eux. Un vrai garçon manqué.

Le football devient peu à peu sa passion, au point d'y jouer en amateur jusqu'à la fin de son adolescence et d'être sacrée meilleure joueuse de son lycée. Une véritable fierté ! Plus tard, adulte, elle ne ratera jamais un grand match à la télévision.

L'école, en revanche, est un déchirement. Cécile, sa maman, femme au foyer, tient à garder ses enfants le plus longtemps possible auprès d'elle et refuse de les envoyer à la maternelle.

Ce n'est donc qu'à l'âge d'entrer en primaire que la petite fille quitte le giron familial. Mais avec le cœur gros…

L'école, rue de Wattignies, est un vieux bâtiment, peuplé de filles : un autre monde. Babou finit tout de même par s'y plaire et surprend sa mère en lui demandant de se hâter le matin pour aller retrouver ses copines. Elle aime de plus en plus être entourée, rire avec les autres.

Apprendre est certes moins affriolant, mais elle se montre une élève appliquée, avec des cahiers bien tenus, très propres, où elle aligne sagement ses bâtons. Un côté ordonné qui l'a toujours définie…

Ce que France veut avant tout, c'est recevoir des bons points. Elle lève la main à tout bout de champ pour attirer l'attention de la maîtresse, juste pour tenter sa chance même quand elle n'est pas sûre de connaître la réponse. Un jour, l'institutrice pose une question à toute la classe :

— Citez-moi des animaux qu'on aime pour leur tranquillité ?

Elle lève le doigt plus vite qu'à l'habitude.

— Oui, Isabelle ?

— Le lion !

Tout le monde s'esclaffe, se moque d'elle. La maîtresse la traite même de petite idiote.

Mais Babou insiste. Le lion est un animal tranquille. Du moins celui qu'elle voit tous les dimanches au zoo de Vincennes et qui dort tout le temps.

Son jugement est posé : elle trouve sa maîtresse drôlement injuste. Toute sa vie, en fait, elle regardera le monde à sa manière, avec une singularité qui la fera parfois passer pour intolérante, mais qui l'aidera à surmonter les pires horreurs.

À la maison, la grande affaire, c'est la télévision. Robert Gall, passionné par toutes les nouveautés technologiques, se précipite pour en acheter une dès son lancement sur le marché et ne cache pas sa fierté de faire partie des cinquante mille premiers téléspectateurs français !

De son côté, la fillette est très vite fascinée par la petite lucarne.

Le couronnement de la reine Élisabeth, en 1952, l'enchante particulièrement. Et plus encore, l'apparition d'une autre petite fille, Minou Drouet, dont tout le monde s'interroge sur le génie et qui écrit des poèmes dignes des plus grands.

Malheureusement, il est interdit à Babou de regarder la télévision en semaine, juste le week-end et le jeudi après-midi, le jour sans école. Ses parents sont intraitables à ce sujet. Certains soirs, n'y tenant plus, elle se glisse sans bruit dans la pénombre de l'appartement jusqu'à la salle à manger où trône le poste. Là, elle reste blottie contre un mur, derrière les fauteuils des parents.

C'est ainsi qu'à l'âge de sept ans elle suit la diffusion d'un film d'horreur, *La Chose d'un autre monde*, qui lui fait horriblement peur. L'histoire terrifiante d'un extra-terrestre prisonnier d'un énorme bloc de liquide visqueux et qui, une fois libéré, tue et se nourrit de sang humain.

Impossible malheureusement d'en parler le lendemain avec sa mère qui l'aurait peut-être grondée mais aussi rassurée. Elle gardera ces images terrifiantes pendant des années et racontera plus tard que si elle est restée peureuse à l'âge adulte, c'est sûrement à cause d'elles. France craint toute forme de violence, de façon presque physique, mais, curieusement, jamais la scène ne l'a inquiétée. Pourtant, n'importe quel fou pourrait surgir de la salle et l'agresser. Elle s'est toujours sentie protégée par son public, par la chaleur émotionnelle qu'elle en reçoit, qui l'entoure d'un halo protecteur. Comme rien ne pouvait lui arriver dans son enfance, lorsqu'elle était au milieu de ses frères et de ses copines.

Faire face aux autres, chanter, voilà la grande affaire de sa vie, et depuis l'enfance. Avec les souvenirs merveilleux qui vont avec...

L'un des premiers se situe à l'école, à l'âge de sept ans, en 1954. C'est bientôt Noël et on la juche sur une estrade, toute seule, lui demandant de chanter *Isabelle, si le roi savait ça.* Elle maîtrise de bout en bout la chanson et savoure ce moment avec délectation.

Il faut dire que des chansons, elle en connaît plein. À la maison, son père branche toute la journée son Teppaz dernier cri et passe des disques de Georges Brassens, de Charles Trenet, de Charles Aznavour et d'Édith Piaf. De la musique classique aussi.

Comme il est parolier, il reçoit nombre de compositeurs chez lui qui viennent lui faire entendre leurs nouvelles mélodies, comme Charles Dumont, l'auteur du *Je ne regrette rien* de Piaf, Hubert Giraud, qui travaille aussi pour elle, mais encore pour Dalida et Yves Montand. De jeunes chanteurs s'assoient aussi à la table familiale, Marie Laforêt, Hugues Aufray, Claude Nougaro... La petite fille assiste ainsi à la création de nombreux titres. Elle trouve cela à la fois magique et normal. Pour elle, faire des chansons, cela se passe à domicile.

D'autres personnages fascinants fréquentent régulièrement le salon familial, comme le très jeune Jacques Martin, qui la fait tordre de rire. C'est un jeune animateur de télé, dont les sketches parodiques avec Jean Yanne, sur l'ORTF, la chaîne unique, ont un énorme retentissement populaire.

Son père est passionné par le métier artistique. Il se produit tous les soirs dans différents cabarets parisiens tout en plaçant ses chansons dans la journée auprès des chanteurs du moment. Un jour, il remporte un prix, le Coq d'or de la chanson française, avec *Amour, je te dois,* et empoche la somme d'un million d'anciens francs.

Tout le monde rit et chante à son retour avenue du Général-Bizot. Personne ne fait attention à la gamine qui s'échappe et court chez la boulangère : « Nous sommes millionnaires ! Nous sommes millionnaires ! »

À cette époque, Robert Gall commence à faire vraiment parler de lui et remporte dans la foulée le Prix de Poésie de la Sacem avec un titre écrit pour Édith Piaf, *Les Amants merveilleux*. Cette fois, Babou, qui avait été grondée par sa mère, ne retourne pas chez la boulangère…

C'est dans une autre maison familiale à Pourrain, dans l'Yonne, que la musique réunit souvent toute la famille, les Gall, bien sûr, mais aussi tous leurs proches, jusqu'aux parents les plus éloignés. Et c'est peu dire qu'ils sont nombreux ! Des concerts s'improvisent, chacun s'emparant d'un violon, d'un piano, d'une guitare, d'un violoncelle et poussant la voix. France gardera toujours la nostalgie de ces instants, et, quand elle aura ses propres enfants, Pauline et Raphaël, elle leur apprendra à chanter à leur tour à l'unisson.

L'été, la famille a ses habitudes à Vallauris, dans une bastide rose entourée de grands oliviers centenaires, louée à un couple de fleuristes. La petite fille aime aller se promener toute seule au village où les potiers, qui l'adorent, lui abandonnent volontiers leur tour. Babou sait que Picasso habite là et le rencontre parfois, mais pour elle, il n'est qu'un vieil homme chauve au T-shirt rayé. Ce qui l'impressionne plutôt, ce sont les chuchotements émerveillés de tous sur le passage de l'artiste : « C'est Picasso ! »

Le soir, les parents embarquent les trois enfants dans leur cabriolet, une Vedette, et en route pour Nice. La voiture vibre alors des rires et des chansons à la mode. Au cours de ces sorties nocturnes familiales, deux souvenirs la marqueront durablement.

Le premier, c'est de passer un soir, sur la promenade des Anglais, devant l'hôtel Negresco illuminé. La petite fille est subitement ébahie par la découverte de ces femmes extrêmement élégantes qui entrent et sortent du palace. Il s'agit là d'un monde qu'elle ne connaît pas et qui la fascine. Elle se sent immédiatement attirée par ce luxe exquis. Elle se persuade qu'elle connaîtra, elle aussi, cette vie-là.

Le second choc c'est la vision, depuis la voiture, de la résidence de l'Aga Khan et de son immense escalier, de « trente mètres de haut, de deux cents mètres de long », décoré de milliers de fleurs. Elle en reste tellement bouche bée que ses frères se moquent d'elle. Peu importe. Elle se voit le descendre un jour, cet escalier. Et c'est vrai qu'elle le descendra…

Ce désir de mener une vie extraordinaire, elle, qui n'a que dix ans, le gardera bien au chaud pour plus tard. Finalement, il ne s'agit que de patience…

Malheureusement, après neuf ans de ces vacances méditerranéennes, les fleuristes qui louaient leur maison à la famille Gall décèdent. Qu'à cela ne tienne ! Robert Gall, toujours à l'affût de l'avant-garde, après avoir été un pionnier de la télévision, de la glacière et du lave-vaisselle, achète une des premières caravanes.

Pour Babou, c'est une catastrophe. Cela ne cadre plus du tout avec sa vie rêvée et elle supporte très mal le départ en fanfare de la famille entassée dans la Buick qui tire le tout, c'est-à-dire la fameuse caravane, mais aussi le bateau sur le toit, la grand-mère, deux chats sacro-saints, un singe et les géraniums que sa mère n'aurait laissés à Paris pour rien au monde… Bref, la famille Fenouillard dans toute sa splendeur !

Et cela va durer plusieurs années, quatre exactement, à raison de deux mois et demi chaque été… en s'arrêtant au hasard des chemins pour y faire du camping sauvage, jamais loin d'un lac et… d'un terrain pour jouer au football ! Babou s'ennuie furieusement malgré quelques moments agréables, quand l'équipée débarque joyeusement pour une visite improvisée chez des amis ou des parents au gré des maisons de vacances.

À Dinard, chez des copains anglais de Robert Gall, l'été 1961, à deux mois de ses quatorze ans, Babou connaît son premier coup de foudre. Il a lieu sur la plage, pour un magnifique adolescent hollandais de quinze ans. Certes, la concurrence est rude, car toutes les filles allongées sur le sable le convoitent avec des yeux de chattes énamourées, mais Babou échafaude son plan.

Ce prince charmant joue de la guitare ? Elle sait aussi s'en servir, mais elle va prétendre que non et lui demander des cours… afin qu'il l'effleure en plaçant ses doigts sur les cordes, qu'il se penche sur elle pour l'aider à trouver les accords.

Jouer d'un instrument n'est d'ailleurs pas une vocation pour elle et relève plutôt du mauvais souvenir, celui du temps où elle suivait, contrainte et forcée, des cours de piano en compagnie de son frère Philippe et où le professeur lui tapait sur les doigts avec une règle à chaque fausse note. Quant à la guitare, elle a appris à en tirer des sons au hasard des accords que ses frères lui montraient. Mais, sur cette plage de Dinard, c'est une autre affaire. Il s'agit de séduire. Grâce à la musique. Cet été-là, Babou en découvre le formidable et efficace pouvoir d'attraction…

À Dinard, les enfants ont le droit de faire un tour à la plage le soir, mais pas de sortir en ville. « Trop jeunes ! », a déclaré leur père. Babou et ses frères, qui s'entendent tous les trois comme larrons en foire, n'hésitent pourtant jamais à faire le mur quand l'occasion se présente. Et elle se présente souvent ! Ce même été, dans la presqu'île de Noirmoutier, c'est un concert de Vince Taylor qui les attire particulièrement. Le rocker, sorte de sosie d'Elvis Presley, doit se produire dans une discothèque du coin, La Potinière, chemin des Douaniers, sur la plage des Dames. À pied, puisque personne n'a encore l'âge du permis de conduire, la bande de galopins arpente dans la pénombre les deux kilomètres qui les séparent du concert. C'est Isabelle qui mène la troupe. Ce n'est pas pour rien que sa famille lui a attribué un surnom, celui de « petit caporal ». Le chef de la bande, c'est elle !

À l'issue du spectacle, un concours de madison et de locomotion, la nouvelle danse à la mode lancée par la jeune chanteuse américaine Brenda Lee, avec son titre du même nom, est improvisé par la direction et Babou y participe. Elle remporte le premier prix. Des flashes crépitent. Le petit matin approche et il est temps de rentrer, en catimini. La danseuse en herbe s'est bien amusée. Son âme vibre comme un éclat de rire.

Mais, deux jours après, au petit déjeuner, elle ne rit plus du tout en voyant s'allonger la tête de son père alors qu'il feuillette le journal local :

sa fille, Isabelle Gall, y figure en pleine page, rayonnante, une coupe en métal brillant à la main ! Elle lui a menti en sortant en douce, elle est allée en discothèque sans en demander la permission, tout ça avec la complicité de ses deux grands nigauds de frères ! Il est furieux. Tout le monde sera consigné jusqu'à la fin de l'été. Plus de sortie en douce, plus même de plage le soir.

N'empêche ! Regarder et écouter Vince Taylor restera inscrit au registre des excellents souvenirs. Elle a aimé sa voix et son jeu de scène. Des spectacles de ce genre, elle n'en voit pratiquement jamais. Ses parents ne lui donnent pas d'argent de poche, et le seul artiste qu'elle ait réellement vu se produire en public, c'est son père, que ce soit à l'avant-scène des cinémas pendant les entractes, où il chante trois chansons après les actualités et avant le film, ou dans des petits cabarets. Toute la famille se rend à ses spectacles sur la même moto : le père, la mère et les trois enfants ! Robert Gall y apparaît, copieusement maquillé au Tan-o-Tan. Cela fascine sa fille qui, tout au long de la semaine, s'attarde souvent dans la salle de bains familiale, à regarder cette bouteille marron qui rend son père tout bronzé en quelques secondes.

Plus ça va, plus elle vit à l'heure des artistes qui, décidément, sont des gens surprenants. Un soir, à Anvers, son père s'est produit après le numéro d'une dame qui l'effraiera pour longtemps : cette femme soulevait sa robe longue et une flopée de chiens en jaillissait en aboyant.

Babou est de plus en plus complice avec son père. Il n'y a pas petite fille plus heureuse qu'elle quand il la réveille en pleine nuit pour lui dire : « Viens, on va visiter Paris ! » Accrochée à lui à l'arrière de la moto, elle s'émerveille des illuminations du Trocadéro, de l'Arc de Triomphe, de la tour Eiffel.

Et puis, de temps en temps, il l'emmène à ses rendez-vous. Un jour, ils partent boulevard Lannes, chez Édith Piaf à qui il doit montrer *Les Amants merveilleux*, la chanson qu'il a écrite pour elle. Babou appréhende de rencontrer cette chanteuse célèbre que son père, lui-même, semble craindre. S'il en a si peur, rien d'étonnant à ce qu'elle tremble aussi. De ce jour-là, elle gardera pour la vie trois souvenirs : la grosse voix rauque d'Edith quand elle parlait, un très grand tapis et l'absence totale de meubles, excepté un grand piano noir.

Plus tard, elle assistera en compagnie de son père à plusieurs tours de chant de la grande artiste. Ce qui la frappe particulièrement, c'est que celle-ci, en revenant dans les coulisses, semble perdue, dans un autre monde, épuisée et heureuse, ne reconnaissant personne, n'entendant rien. Elle paraît planer, totalement inaccessible. Babou comprend qu'une artiste a besoin de temps pour revenir à la réalité et qu'on ne doit pas la brusquer à chaud. Pas plus qu'on ne doit réveiller un somnambule.

Elle remarque aussi avec désolation que la chanteuse a très peu de cheveux et des mains déformées, tordues par l'arthrite. Cela ne l'empêche pas de se sentir terriblement privilégiée d'être là, elle qui écrit des lettres à ses idoles, comme Petula Clark, dont elle adore la voix et l'accent anglais, à Claude Nougaro pour avoir des photos dédicacées et à l'émission « Salut les copains » pour leur demander de passer ses disques préférés, comme ceux des Chaussettes Noires et de Johnny Hallyday, dont le premier 45 tours, *L'Idole des jeunes*, séduit toutes les ados de France, suspendues à sa voix langoureuse.

Mais la « variété » n'est pas la seule musique qui berce sa jeunesse. Elle admire aussi son grand-père, Paul Berthier, cofondateur avec l'abbé Maillet des Petits Chanteurs à la Croix de Bois, quand il se met aux grandes orgues de la cathédrale d'Auxerre, tous ses oncles et tantes formant les chœurs.

À la maison, les jumeaux grattent, quant à eux, de plus en plus régulièrement leurs guitares, quelquefois en compagnie d'Isabelle qui se débrouille de mieux en mieux, et avec trois de leurs cousins : Denys et Richard Lable, Vincent Berthier de Lioncourt. L'idée naît de monter un groupe tous les six, qui porterait le nom d'Atlas. Ils répètent dans les caves de leur immeuble, avec la ferme d'intention de se produire dans les mariages et les « surboums » l'hiver, et sur les plages l'été.

Babou préfère souvent s'isoler et écouter inlassablement dans sa chambre des chansons à la mode, qu'elle fredonne en même temps : comme *Itsy bitsy teenie weenie petit bikini* de Dalida, *De t'aimer follement* et *Souvenirs, souvenirs*, de Johnny Hallyday ou encore *Georgia on my mind*, de Ray Charles.

En plus d'Édith Piaf, elle voit maintenant régulièrement Charles Aznavour sur scène, car son père a entamé une collaboration d'écriture fructueuse avec lui (*La Mamma*), mais elle aperçoit aussi Michel Legrand, Yves Montand, et Henri Salvador. Ses goûts musicaux se forment. Ainsi, quand elle assiste à un concert des Chats Sauvages, elle se montre effrayée. Le public est debout, délirant, hurlant devant un groupe déchaîné qui se déclare rock'n'roll. Cette espèce de folie collective lui fait peur.

À l'inverse, quand une amie lui ramène de ses vacances d'été en Angleterre *Please, please me*, le premier 45 tours des Beatles, un groupe encore complètement inconnu en France, elle tombe sous le charme et ne manque d'ailleurs pas de se précipiter à l'Olympia quand ils viennent en France, en janvier de l'année suivante, 1962, en première partie de Sylvie Vartan et de Trini Lopez.

Comme ses copains, France emmène ses disques favoris dans les boums et les impose dans celles qu'elle organise chez elle avec ses frères, dès que leurs parents sont en week-end ou en vacances. On roule les tapis, on ferme les volets et on flirte sur l'*Adagio* d'Albinoni. On danse le bop jusqu'à plus soif, ou plutôt jusqu'au moment où la police débarque, alertée par les voisins pour cause de tapage ! La fête est finie et chacun rentre chez soi. Babou laisse alors sa bande filer à regret. Une bande dont certains membres seront connus un jour, tels Lucky Blondo et Frankie Jordan, mais qui, bien entendu, ne s'en doutent pas encore...

Après avoir été une enfant sage et réservée, Babou commence à se délurer un peu à l'approche de ses quinze ans. Elle se met à fréquenter après sa journée au lycée le café du quartier, Le Bonnard, pour y jouer au baby-foot. Des jeunes blacks y viennent aussi, leurs transistors à la main. Elle est folle de la musique qu'ils écoutent et, quand elle reste à la maison, au lieu de faire ses devoirs, elle se branche, de 17 heures à 19 heures, sur son émission préférée « Salut les copains » et rêve de sa vie future.

Sylvie Vartan est alors l'artiste française la plus programmée. Or, elle l'a bien connue. Elle a habité dans sa rue et Eddie Vartan est un ami de ses frères. Babou est fascinée par la réussite fulgurante de sa grande copine, par sa destinée exceptionnelle. Elle imagine qu'elle pourrait connaître la même, que ce soit dans la chanson ou au cinéma. Le seul « hic », c'est qu'elle se sait encore trop jeune et beaucoup trop timide. Elle ose à peine regarder les garçons et son tout premier baiser a été un échec, puisqu'elle l'a trouvé... écœurant !

Elle passe des heures à travailler son « look ». À la pleine époque Bardot, Babou, comme toutes les petites Françaises, se fait la tête de « Bribri », au grand dam de sa mère : choucroute crêpée, yeux charbonneux, lèvres et visage blancs comme de la farine. Avec, en prime, des talons hauts et des pulls archicollants. À elle qui était une si bonne élève, un surveillant lance, dans la cour du lycée mixte Paul-Valéry :

— Vous avez l'air d'une pouilleuse !

La honte ! Affreusement vexée, Babou, qui a toujours gardé son rêve d'accéder à une vie élégante, se précipite chez un coiffeur et revient le lendemain avec les cheveux courts.

De toutes ces années, elle va garder des empreintes indélébiles, une sorte de philosophie de l'insouciance et une fascinante légèreté. Elle se souviendra de l'amour, des rires qui liaient sa famille. Elle n'oubliera pas ses amies, ni le football. Elle saura garder en mémoire le fait que ne pas avoir beaucoup d'argent à la maison n'est pas un problème. D'autres sont d'ailleurs encore moins chanceux qu'elle, comme sa copine pied-noire qui, au retour de son Algérie française natale, est obligée de vivre avec les huit membres de sa famille dans une seule pièce.

Pendant certaines vacances scolaires, grâce aux relations de son père, elle participe à quelques tournages de pubs en tant que figurante, sans prêter attention aux marques productrices. Quelle importance ? Tout cela n'est qu'un jeu pour elle, qu'elle oublie sitôt terminé. Quant à l'argent, il est versé sur un compte spécial auquel elle aura accès à sa majorité, dans « très très longtemps », pense-t-elle alors.

Pourtant, le temps passe et la jeune fille grandit, s'affirme et, naturellement, se pose des questions « existentielles ». À la fin de l'année scolaire 1963, elle va redoubler sa troisième et perdre ses camarades de classe. Sans être un cancre, elle ne se sent pas passionnée par les études. Son père, d'ailleurs, ne l'y pousse pas particulièrement, continuant à la prendre dans ses bagages pour aller notamment rejoindre la tournée de Charles Aznavour. À Bruxelles, toute la troupe dort dans les mêmes chambres. Elle adore cette ambiance bohême.

Le grand chanteur l'accueille toujours avec joie :

— Ah ! Voici ma petite fiancée !

Babou le trouve merveilleux. Elle est fascinée par ce petit homme à la voix à la fois rauque et puissante, et de plus en plus à l'aise dans cette atmosphère des coulisses où elle se sent tellement mieux qu'à l'école, où elle a tant de plaisir à évoluer et fredonner…

Chanter est d'ailleurs devenu son passe-temps favori. Toute seule dans sa chambre, oubliant Dalida et Johnny Hallyday, elle a pris depuis quelques mois l'habitude de doubler sa voix sur les disques jazzy des Double Six et des Swingle Singers, dont elle est fan, de « scatter » sur les musiques de Count Basie, de chanter en duo avec Ella Fitzgerald.

Son père, qui a remarqué son don spontané pour le chant, et qui la sait agacée de devoir redoubler sa troisième, lui fait, un soir, une incroyable proposition :

— Au lieu de marmonner des bouts de chansons, pourquoi n'apprendrais-tu pas quelques titres en entier ? Je t'emmène ensuite en studio et on fera un essai !

Quelle bonne idée ! Babou est ravie. Elle va peut-être ainsi pouvoir éviter de retourner au lycée et elle s'imagine rire et s'amuser comme une folle devant un micro.

Elle prépare donc quatre morceaux, *Parce que tu le sais* d'Eddie Mitchell, *Il a le truc* des Games, *Donne tes seize ans* et *Take Five* de Dave Brubeck, et enregistre le tout pendant les vacances de Pâques 1963 dans un studio d'enregistrement que son père a réservé pour elle.

Il ne dit rien, mais le lendemain matin, au petit déjeuner, il la regarde en souriant :

— OK, on y va ! Je te prépare des chansons originales, on fait un disque et on fonce ! D'accord ?

— D'accord ! s'entend-elle murmurer, la gorge serrée.

Elle va entrer dans l'été de ses quinze ans.

Une gloire si brûlante

Ce premier enregistrement, France Gall s'en est toujours souvenue comme d'un jeu. Elle avait d'abord répété les chansons toute seule, à la maison, en utilisant son magnétophone et son micro amateur. Une vraie partie de plaisir ! Finalement, aller ensuite dans un véritable studio, celui des Champs-Élysées, n'était que la suite logique de ce divertissement. Pas de quoi avoir peur. Ainsi, ce qui l'avait plus marquée, c'était le verre pris avec tout le monde chez Francis, place de l'Alma. Il faut dire que le café était luxueux, pour une adolescente qui rêvait des beaux quartiers.

En attendant, le résultat de la séance est plus que satisfaisant et Robert Gall, les bandes magnétiques sonores sous le bras, se rend donc chez un de ses amis, Denis Bourgeois, un éditeur musical, qui travaille notamment avec Serge Gainsbourg. Le professionnel apprécie la voix de la petite et organise pour elle une audition avec la maison de disques Philips au Théâtre des Champs-Élysées, le 11 juillet suivant.

Pour l'heure, le début de l'été voit la famille s'entasser comme d'habitude dans la caravane, avec les géraniums, mais cette année, pour une seule direction : la presqu'île de Noirmoutier où Robert Gall a acheté un terrain. Il a continuellement dans la poche de son short rouge la bande sonore avec les quatre titres enregistrés par sa fille et les fait écouter à tous ceux qui ont deux oreilles disponibles aux alentours. Plus les jours passent, plus il est convaincu de devoir « lancer » sa fille qui, pour l'instant, se dore à la plage. Il décide que si l'audition se passe bien, il sera co-producteur de sa carrière, avec Denis Bourgeois.

Le 11 juillet, Babou et son père sont de retour à Paris. La petite est maussade, pas trop contente d'avoir dû interrompre ses vacances et abandonner ses amis sur le sable. Tout ça pour chanter un ou deux morceaux devant des inconnus en cravate, en plein été ! Sûrement des « croulants » !

Heureusement, tout se passe bien. Les « décideurs » de la maison de disques sont emballés. Le contrat d'artiste sera signé par le père puisque la jeune fille est mineure. Pour le moment, elle peut retourner à son séjour estival et à son insouciance adolescente.

Pour Robert Gall, il s'agit désormais de lui trouver des chansons. Il contacte ses amis compositeurs et auteurs, ceux que sa fille a toujours vus défiler à la maison.

Les avis divergent. Si le célèbre Hubert Giraud n'est pas convaincu pour le moment (il le regrettera plus tard : « Comment ai-je pu passer à ses débuts à côté de cette voix ? »), l'auteur à succès Jacques Datin, notamment pour l'Eurovision de 1961, de la chanson *Nous les amoureux*, interprétée par Jean-Claude Pascal, est tellement enthousiaste qu'il propose d'entrer à son tour dans la future équipe.

Alain Gorraguer, un arrangeur musical qui est aussi un jazzman reconnu et qui se produit sur scène avec Boris Vian, est engagé pour ce premier disque qui comprendra quatre titres.

De retour à Paris, en septembre, toute la troupe se retrouve au studio autour de Babou, avec plusieurs chansons originales écrites spécialement pour elle, dont *Ne sois pas si bête*, qui paraît la plus intéressante, et une autre, *Pense à moi*, coécrite par la « gamine » et son papa.

Arrive le moment où il faut lui trouver un nom d'artiste. Isabelle Gall, cela ne va pas. Isabelle, c'est trop long et cela ne sonne pas bien. Impossible à prononcer correctement dans les pays anglo-saxons ! Et puis c'est aussi le prénom d'une vedette très populaire, Isabelle Aubret. Il ne peut y en avoir deux ! Tout le monde s'y met. On épluche le calendrier. La radio ne parle à ce moment-là que du match de rugby France-Galles qui va être un énorme événement sportif. Le nom d'artiste est trouvé ! Ce sera « France Gall » !

Malheureusement, cela ne plaît pas du tout à notre ado. La « petite » est en larmes. Inconsolable. Lui donner un nom de rugby ! Quelle idée ! Elle ne veut pour rien au monde abandonner son vrai prénom, Isabelle, qu'elle aime tant.

Pourquoi, gémit-elle, ne pourrait-elle pas chanter avec ce prénom, alors que toute son enfance, elle a entendu des « Isabelle, Isabelle, viens chanter ! » ? Non ! Elle ne tirera pas ainsi un trait sur sa jeunesse heureuse et insouciante. Renier son prénom serait en quelque sorte se renier elle-même, pour devenir quelqu'un d'autre, une inconnue. D'ailleurs, elle confie à ses frères qu'elle a peur de cette nouvelle vie dans laquelle on lui demande d'entrer sous une fausse identité. Elle ne sent pas prête à affronter le monde des adultes. Elle n'en a pas l'âge, ni, peut-être, la réelle envie.

Alors, bien sûr, elle finit par obtempérer mais, longtemps, elle détestera ce prénom, France, et demandera à ses proches de continuer à l'appeler

« Babou ». Comme autrefois. Ce qui l'amusera quand même au cours de sa carrière, c'est de s'entendre parfois appeler à l'étranger non pas France Gall mais *French Girl*, par analogie de consonance. Et puis, un jour, elle changera d'avis et dira carrément : « France Gall, c'est exactement moi ! »

Certes, les chansons sont « en boîte », mais tout cela commence à beaucoup moins amuser notre belle. D'autant que chacun décrète maintenant qu'il faut encore travailler, lui donner une personnalité, un « look », une allure. Denis Bourgeois engage même une assistante, Brigitte Berthollier, pour s'en charger. C'est une femme charmante, chaleureuse, rassurante. Même France apprécie son côté maternel.

Voilà qu'on la traîne chez Jacques Dessange, le jeune coiffeur des stars, qui lui essaie plusieurs coiffures pendant toute une journée, prenant lui-même des polaroïds pour mieux en juger. La « choucroute », il n'en est plus question ! Toutes les minettes en arborant une dans la rue, il faut trouver quelque chose d'original. France doit avoir ses longs cheveux blonds lisses, avec une raie au milieu, rejoignant presque les coins de sa bouche pour mieux gommer les rondeurs adolescentes de ses joues. Ce sera son style. Dessange donne un nom à la formule : *College Girl*, qui sera imitée par une quantité innombrable de jeunes filles. Pour Babou qui frétille d'agacement sur son fauteuil, il faut maintenant faire des essais de maquillage. Dans la glace, elle se regarde devenir France Gall et fait douloureusement connaissance de cette autre « elle-même ».

Quand Roger Gallet, créateur de mode et de parfums, décide, après avoir écouté les premières maquettes du disque de la petite, de créer une collection junior pour elle, elle s'amuse à l'idée qu'on s'occupe d'elle comme d'une poupée qu'on habille et qu'on déshabille. Ainsi, il lui explique qu'il n'existe à cette époque aucun couturier pour les ados et qu'elle va être une pionnière. Elle lui répond que ce qui l'étonne, c'est d'être dix fois plus occupée que si elle avait redoublé sa classe. Peut-être aurait-elle été plus tranquille à l'école ? Désormais, ses journées sont surchargées en préparatifs, séances de photos, essayages en tous genres. Elle se sent complètement dépassée par les événements et prend finalement le parti de se laisser conduire par le bout du nez. Après tout, elle est mineure et il est normal que ce soit les adultes qui décident de son sort.

*
* *

Tout est enfin prêt. Le disque sort en production indépendante, ce qui est très rare à cette époque. La maison de distribution, Philips, a choisi le mois d'octobre, celui de son anniversaire. À partir de seize ans, en effet, la loi est moins rigoureuse avec les mineurs, même s'il faut quand même remplir des milliards de dossiers et obtenir de multiples autorisations.

France n'a rien d'autre à faire qu'attendre. Du coup, elle redevient Babou et retourne finalement avec un énorme soulagement au lycée. Son monde habituel est là, ses cahiers bien propres et ses amies qui ne sont au courant de rien, à part la plus proche, Catherine, qui a juré de garder le secret. Redoubler, ce n'est pas si terrible. Elle a l'impression de tout savoir par cœur.

Les jours passent, tandis que la machine professionnelle se met en marche. Son 45 tours est soumis à l'appréciation de Daniel Filipacchi, le grand manitou de « Salut les copains ». Il se montre plutôt séduit et décide de demander aux auditeurs d'Europe 1 de donner leur avis dans une émission de vote par téléphone le samedi après-midi.

Ne sois pas si bête arrive en tête de tous les titres qui sont proposés ce jour-là. Parmi les milliers d'appels, ceux d'un groupe de trois ados se font particulièrement remarquer. Ces garçons ont vraiment l'air de fanatiques. À chaque fois que le disque passe sur l'antenne, ils appellent sans cesse, et sans cacher leurs noms. Deux d'entre eux, Jean-Daniel Lorieu et Patrick Bertrand sont de tout jeunes photographes. Robert Gall demande à les rencontrer. Leur travail le séduit. Il les intègre dès la première heure à son équipe. Pendant des années, il leur fera faire toutes les pochettes des disques de sa fille.

Les jours suivant ce vote, des lettres et des cartes postales arrivent régulièrement au nom de France Gall à la station de radio ou chez ses parents. La jeune fille les ouvre, curieuse. Plusieurs proviennent de ses copines de lycée, qui savent dorénavant que « leur » Babou « fait chanteuse », comme on dit alors. Mais d'autres, dont l'une postée de Nice, écrite par un garçon qui témoigne de l'énergie positive que lui apporte France à travers son disque, lui donnent un vrai choc au cœur. Elle réalise soudain l'incroyable impact humain que peut générer le talent d'un artiste sur ceux qu'il séduit. Chanter pourrait donc bouleverser ainsi son rapport aux autres ?

C'est une vraie surprise, car elle a toujours chanté naturellement, sans y penser, baignant dès son enfance dans la musique. Et voilà qu'on la remercie, qu'on la félicite, qu'on ressent quelque chose en l'écoutant !

Il y a quelques mois encore, c'est elle qui écrivait à ses idoles, sans se poser de questions. Maintenant, c'est à elle qu'on écrit, lui demandant des autographes et des photos ! Personnellement, quand elle s'entend à la radio, elle n'éprouve aucun enthousiasme particulier pour sa voix. N'empêche, quand les premières critiques commencent à se faire entendre ou à paraître dans les journaux et que certains lui reprochent d'avoir une façon agaçante de chanter et une voix insupportablement acidulée, elle en est peinée.

Ces avis négatifs ne sont pourtant qu'un détail par rapport au succès énorme que *Ne sois pas si bête* remporte. Un véritable raz de marée qu'on entend à longueur de journée sur toutes les radios. En novembre 1963, un mois après sa sortie, le titre est déjà classé 44e du hit-parade de « Salut les copains », derrière *Tu n'y crois pas*, d'un certain Michel Berger, et devant *La Mamma*, chantée par Charles Aznavour… Les ventes s'envolent au fil des jours et atteignent le chiffre de 200 000 exemplaires.

France doit enchaîner séances de photos et interviews. Plus question de penser au lycée qu'elle a dû définitivement quitter. Elle passe la plupart de ses journées au bureau de production de son père et de ses associés, rue de Washington. Elle reçoit des journalistes, répond au courrier de ses fans, dédicace des photos. Elle fait tout cela sérieusement, consciencieusement, comme à l'école.

Chaque jour, pour se rendre à ce bureau, elle prend le métro, comme elle l'a toujours fait. Mais les gens la reconnaissent et chuchotent en la montrant du doigt : « Mais si, c'est elle ! »

À cette époque, elle ne sait pas encore comment réagir. Personne ne l'a prévenue ni ne lui a appris où poser ses yeux, comment tenir ses bras, qu'elle croise et décroise, embarrassée. Elle n'arrive pas non plus à s'habituer à cette attention permanente et s'en ouvre à celle qui est devenue son amie, Brigitte Berthollier, laquelle lui donne un conseil tout bête : « Prends des taxis ! »

Finis aussi le shopping débridé avec ses copines et les balades avec son copain dans la rue. France réalise avec désolation que tout le monde, y compris ses amies, lui parle différemment, ne s'intéresse plus qu'à son disque, à sa voix, à ses cheveux, à sa « carrière ». Isabelle rêve qu'on s'adresse encore à elle comme à la bonne vieille Babou et qu'on papote avec elle comme avant à propos de tout et de n'importe quoi, et surtout des garçons.

Parler à tous ces adultes qui lui posent toutes sortes de questions n'a rien de facile. Ses premières interviews ne font d'ailleurs pas l'unanimité au sein de son équipe.

À un journaliste qui lui demande :

— Que ferez-vous plus tard ?

Elle répond spontanément :

— Dans cinq ans, j'arrête !

C'est peu dire que Denis Bourgeois, au tempérament sanguin, est tellement atterré qu'il la prend à part et la gifle :

— Tu es folle ! Ce n'est pas du tout ce que tu dois répondre !

C'est ainsi qu'elle apprend à ne plus dire ce qu'elle pense. D'autres gifles, très peu pour elle ! Celle-là, elle ne l'oubliera jamais et ne la pardonnera pas.

La vérité, elle ne la confie qu'à ses frères : elle n'a aucune idée de ce que lui réserve son avenir. Impossible de s'imaginer ne serait-ce que dans cinq ans. À vingt et un ans, sera-t-elle une « vieille », et voudra-t-elle encore être chanteuse ?

À sa mère, elle n'exprime pas son désarroi car elle sait à quel point cette maman s'inquiète de la voir consacrer ses années de jeune fille à des ambitions d'adultes :

« C'était un peu la honte pour elle que sa fille soit chanteuse de variétés, racontera-t-elle au *Figaro* en 2004. Elle comprenait mes raisons, celles de mon père, mais elle avait toujours un regard désapprobateur. »

*
* *

Pas besoin d'être un spécialiste en psychologie pour ne pas saisir à quel point ces incertitudes adolescentes vont perdurer, accompagner France tout au long de son existence et expliquer cette indécision chronique qu'elle dissimule par des décisions parfois autoritaires, voire à l'emporte-pièce.

Sa première interview par le célèbre journaliste de RTL Philippe Bouvard, en cette fin d'année 1963, ne se passe d'ailleurs pas merveilleusement bien. La rencontre se fait dans un studio de la station, devant un public, qui – lui a-t-on expliqué pour la rassurer – rit plus aux questions posées par l'animateur qu'aux réponses des invités. Mais, dès le premier regard, elle se sent tétanisée par le trac. Bouvard n'est certes pas beaucoup plus grand qu'elle, qui mesure 1,59 mètre, mais son charisme insolent et ses yeux perçants la bloquent. Il faut dire qu'il attaque fort :

— Vous commencez à un âge où les autres vont encore à la maternelle. Quand vous aurez quarante ans, vous prendrez votre retraite à Ris-Orangis ?

La salle s'esclaffe tandis que France balbutie en rougissant une vague réponse que personne n'entend. Elle ne connaît pas Ris-Orangis, ignore que s'y trouve une célèbre maison de retraite pour vieux artistes. Elle est vexée et ne s'en relève pas.

Quand l'émission se termine, elle se tourne vers Philippe Bouvard :

— C'est fini ? Les micros sont fermés ?

— Oui.

— Pourquoi avez-vous employé exprès des mots que je ne connaissais pas ?

Elle est fâchée et refusera longtemps de revenir s'asseoir à côté de cet homme qui s'est moqué d'elle. Puisqu'il a profité de sa naïveté pour la coincer, elle s'en souviendra.

En revanche, elle se sent beaucoup plus à l'aise à Europe 1, qui est alors la radio leader et où Daniel Filipacchi s'est pris d'une passion admirative pour cette petite chanteuse blonde, archétype parfait d'une future idole des jeunes. Il la programme tous les jours dans « Salut les copains » et l'y invite régulièrement. France s'y sent comme chez elle, en famille. Elle rit aux éclats à l'antenne des facéties de l'animateur et les auditeurs pullulent au téléphone pour témoigner leur sympathie à cette jeune fille naturelle et spontanée.

D'autres artistes sont co-invités et France fait au cours de ces émissions de nombreuses rencontres : Les Surfs, un groupe de six frères et sœurs malgaches, remarquables par leur petite taille et par leur tube *Reviens vite et oublie*, un nouveau chanteur, Monty, qui connaît des pics de popularité avec *Même si je suis fou*, et bien d'autres qui se partagent les premières marches du hit-parade. Quelle joie de côtoyer toutes ces vedettes. Un jour, elle partage le micro avec Françoise Hardy, dont elle a toujours été fan. Elle en reste bouche bée, incapable de dire un mot. Ainsi, quand l'inoubliable interprète de *Tous les garçons et les filles*, une chanson qu'elle a eue en tête pendant des mois, s'adresse à elle comme à une « collègue », elle manque, en direct, de défaillir.

Son entourage professionnel, Brigitte Berthollier en tête, se met alors à la « briefer » avant chaque interview ou prestation télévisuelle. La petite doit être prête à tout affronter. Une invitation arrive alors rue de Washington, de la part du réalisateur Jean-Christophe Averty, dont l'émission de télévision « Les Raisins verts » est *la* référence médiatique pour sa qualité, sa mise en scène, sa valorisation des chanteurs et de leurs titres. Il lui propose de venir chanter *Ne sois pas si bête* devant ses caméras. Impossible de refuser, même si l'homme a la réputation d'être affreusement exigeant et colérique. Pour France, c'est sa toute première télévision et ce n'est pas la plus simple à faire.

Quand elle se présente sur le plateau, France sait tout. On lui a tout expliqué. Tandis qu'elle attend son tour, une frayeur épouvantable s'empare d'elle. Jean-Christophe Averty, plutôt calme jusque-là, vient alors d'entrer dans une rage incontrôlable et pousse des hurlements après une autre chanteuse qui n'arrive pas, selon lui, à exécuter ce qu'il attend d'elle. Il l'injurie et puis la gifle avant de lui demander de quitter les lieux : « Vous n'êtes qu'une gourdichonne ! », hurle-t-il, pendant qu'elle s'enfuit en larmes.

France n'a qu'une envie : rentrer chez elle. Mais il est trop tard : le maître est déjà là, qui lui tend la main. Il semble redevenu doux comme un agneau. Elle le suit vers le décor qu'il a fait préparer pour elle et se concentre avec une énergie venue d'ailleurs. Elle ne veut pas se tromper une seule fois. Pas question d'avoir à recommencer et de risquer de déclencher les foudres de cet homme terrible.

Il y a des marques par terre qu'elle ne doit pas dépasser sans, pourtant, pouvoir les regarder. Elle doit respecter ces limites afin que les trucages visuels qu'il a imaginés l'encadrent parfaitement. Personne ne lui a encore appris cela mais il faut absolument qu'elle y parvienne. Ce qu'elle fait du premier coup. Averty est ravi et la remercie. Elle peut partir.

Rentrée à la maison, elle se jette sur son lit et éclate en larmes devant sa mère. Celle-ci s'inquiète :

— Mais qu'est-ce qu'on a fait à ma petite fille ?

— Rien, maman, c'est le métier qui rentre ! s'entend-elle répondre entre deux sanglots.

L'émission à laquelle a participé France est primée au Festival de Montreux et Jean-Christophe Averty, qui ne l'injuriera jamais, fera même très souvent appel à elle, notamment une fois où elle dut chanter en tenant un clochard en laisse et une autre où elle interpréta *Et vlan, passe-moi l'éponge*, en duo avec le comique Fernand Raynaud. La jeune chanteuse entretiendra même longtemps une grande amitié avec le génial réalisateur : « Je garde une grande affection pour lui, dira-t-elle à *Chorus* en 2005. Quand je partais pleurer à l'autre bout du monde, dans des pays où j'étais pourtant numéro un, je lui envoyais toujours une carte postale. »

En tout cas, cette première télévision faite ensemble en 1964 constitue en soi une étape importante de sa carrière. Pour la première fois, elle est contente. Elle a gagné son premier vrai combat. Elle a fait face à l'adversité, sans que personne ne l'aide. Son père, l'équipe, tout le monde a toujours été là pour la conseiller, la faire recommencer. Cette fois, elle a réussi toute seule face au monstre. Grâce à sa seule volonté. Elle se sent assez fière, et commence pour de bon à aimer son métier.

Ce qui l'ennuie, c'est d'être toujours entourée, archi-protégée. On lui organise son planning, on décide de tout pour elle, on la décharge de ses petits problèmes personnels. Elle n'a plus du tout de vie à elle. On lui dit comment s'habiller, se coiffer, se maquiller, on lui rabâche ce qu'elle doit dire, ne pas dire. Ironie du sort, elle envie ses copines qui profitent, elles, de leur vie de jeunes filles, en toute liberté. Du moins, l'imagine-t-elle, car elle n'a plus le temps de les voir et cela lui manque.

Au lycée, le jeudi après-midi, il n'y avait pas de cours. Maintenant, il n'est même plus question de week-ends tranquilles ni du moindre jour férié ! Elle en a un peu marre et décide d'en parler à son père. Elle arrive à le convaincre de ne rien lui programmer pendant les prochaines vacances scolaires. Aucune télé, aucune interview, aucune séance photos.

Là encore, la maturité s'annonce car l'épreuve se révèle payante. Elle lui explique qu'être chanteuse, c'est un métier, et que, comme tous les gens qui travaillent, elle a droit à du repos. Elle va tous les jours à la production comme on va au bureau, avec des horaires qu'elle respecte, mais elle veut avoir des pauses pour pouvoir faire à sa guise du shopping, qui demeure sa grande passion.

En compensation, elle promet de s'occuper encore plus des innombrables lettres de fans qu'elle reçoit chaque jour. Ce n'est pas une promesse trop pénible, car, en fait, elle adore ce lien direct avec les jeunes de son âge. Mais, avec les mois qui passent, ce sont d'énormes sacs de courrier que délivre la poste et France fait appel à sa mère pour l'aider à trier avec elle les lettres qui semblent les plus intéressantes, avant d'y donner réponse.

Après le succès de son premier 45 tours et ses 200 000 exemplaires vendus, il est temps pour France de penser au suivant. Son père lui arrange un rendez-vous avec Serge Gainsbourg qui, à trente-cinq ans, fond de tendresse pour cette délicieuse lolita.

À chaque rencontre, il tient à lui faire cadeau d'une peluche. Cela réconforte la jeune chanteuse qui supporte mal les regards malicieux de cet homme étrange, aux oreilles décollées. Il dira d'elle plus tard, en 1990, au journaliste Christian Fevret : « Elle ne m'allumait pas du tout… J'avais l'essence, elle n'avait pas le briquet ! »

France, quant à elle, apprécie sa parfaite éducation, son élégance et le fait qu'il la vouvoie ! Impressionnée, elle baisse timidement les yeux devant lui.

Gainsbourg se sent quand même suffisamment inspiré par elle et par sa voix pour lui écrire *N'écoute pas les idoles*, que France adore sur-le-champ. Elle l'interprète illico dans un « Numéro 1 » des Carpentier consacré à Jean-Pierre Cassel où on lui fait d'ailleurs sentir qu'elle est dorénavant entrée dans « la cour des grands ». La chanson est lancée en mars 1964 et, devant son succès immédiat, *Paris Match* consacre son premier article à la toute jeune vedette.

Avenue du Général-Bizot, à la maison, l'ambiance est à la fête. La « petite » marche fort et Robert Gall, de son côté, tient un « tube » avec le titre *La Mamma* qu'il a écrit pour Charles Aznavour, en s'inspirant de sa propre mère, qui l'avait élevé seule après la mort de son père à la guerre de 14-18. La chanson s'est vendue à plus d'un million d'exemplaires. Succès tous azimuts, argent à flots. Tout se mélange et des journaux, comme *France Soir*, titrent : « France Gall, la fille du papa de la *Mamma* ! » Le magazine *Salut les copains* la met en couverture pour la première fois, ce qui l'installe définitivement comme une des stars de l'ère yéyé.

L'été 1964 la retrouve sur les routes de France dans la caravane familiale, comme toujours. Sous l'auvent de la tente, elle passe son temps à ouvrir les sacs de courrier qu'elle a reçus de ses fans et à y répondre. Le célèbre photographe du magazine *Salut les copains*, Jean-Marie Périer, immortalise ces moments studieux grâce à une photo qui deviendra culte, et qu'il vendra aux enchères à Drouot au printemps 2006, près de quarante ans après.

À la rentrée, le temps est venu de déménager. La famille a désormais les moyens de vivre au large et choisit un appartement cossu du XVIe arrondissement, avenue Pierre-Grenier, dans un immeuble chic conçu par l'architecte Pouillon. Le déménagement est assez pittoresque, car assuré par le célèbre catcheur Chéri-Bibi qui, entre deux meubles, donne des dédicaces aux passants tandis que Cécile Gall, prudente, préfère porter elle-même ses fameux géraniums. France se voit attribuer une magnifique chambre avec un salon attenant. Une véritable suite, pour celle qui jusque-là partageait une pièce avec ses frères. Le bonheur absolu…

Immédiatement elle en fait son refuge, la décorant à son goût, mais elle ne peut pas en profiter à sa guise. Sa carrière l'accapare tout le temps. Elle n'a plus une minute à elle et tourbillonne dans un cycle infernal. Elle n'aurait jamais cru que ce métier serait aussi prenant et sa vie autant volée. Elle ne peut plus aller dans les endroits publics, jouer au foot et, comble de misère, assister à une surprise-partie. La dernière fois qu'elle y est allée avec ses frères, toute l'attention a été portée sur elle, comme si elle était une bête de foire. On lui a proposé mille verres de jus d'orange, un million de parts de gâteau, mais aucun garçon n'a osé l'inviter à danser. Autant dire que la fête fut gâchée...

Ces flirts qui l'avaient tant amusée les années précédentes sont désormais inimaginables. Pas question pour elle de s'afficher avec un copain, d'en embrasser un en public. Elle ne ferait pourtant qu'imiter toutes les filles de son âge, mais les photographes sont en permanence à l'affût et les journaux feraient des gorges chaudes de l'affaire, la faisant passer pour une fille légère. De plus, papa Gall et toute la production veillent au grain.

France ne peut donc plus être une jeune fille insouciante et se rend compte qu'on lui subtilise son adolescence. Et cela déteint sur son caractère. Il lui arrive de manifester vivement son désaccord, notamment quand les chansons qu'on veut lui imposer ne lui plaisent pas :

— C'est quand même moi qui vais les chanter !

Comme elle assiste à toutes les réunions qui la concernent, elle y entend parfois des phrases qui ne laissent pas de la choquer : « Ce n'est pas assez commercial... Il faut presser le citron ! »

Elle n'apprécie pas qu'on la considère comme un citron ! Elle se sent contrainte, et ne cache pas sa honte d'interpréter *Ça me fait rire* ou *Je me marie en blanc*.

C'est au studio d'enregistrement que le choix final des chansons s'opère. C'est là qu'on lui demande un jour de poser sa voix sur une musique de Georges Liferman qui ne lui plaît pas du tout avec un texte idiot, selon elle, écrit par... son père. Cela s'appelle *Sacré Charlemagne*. Elle l'enregistre à contrecœur et passe à un autre titre.

Quelques jours après, alors qu'elle se trouve en Belgique sur un plateau de télévision, quelqu'un lui apprend incidemment que cette chanson est retenue comme leader de son prochain 45 tours.

Furieuse, elle se précipite sur un téléphone et appelle Paris :

— Arrêtez tout ! Ne la sortez pas ! Je la déteste !

Trop tard. La machine est lancée.

Papa Gall est désolé pour sa fille et surtout très étonné qu'elle se rebiffe autant. C'est la première fois qu'elle conteste aussi clairement, qu'elle dit « non ! » avec une telle véhémence. Il tente alors de lui expliquer que *Sacré Charlemagne* est destiné aux enfants, que c'est un clin d'œil à leur innocence et que cette idée devrait la séduire. France lui rétorque que chanter pour eux ne lui déplaît pas, au contraire, mais qu'elle ne supporte pas ce titre.

Malheureusement pour elle, il devient immédiatement numéro un des ventes. Tout le monde le chante dans la rue, les radios le matraquent à longueur de journée. Deux millions d'exemplaires en sont vendus et la chanson est reprise par les écoliers du Japon, du Québec, d'Italie, d'Espagne... Elle devient même l'hymne du mouvement de la jeunesse algérienne ! France est effondrée. Son équipe pense qu'elle fait un gros caprice, mais elle ne changera pas d'avis et ne la chantera pas en public. C'est décidé !

Quelque temps plus tard, effectivement, elle commence à faire de la scène et refuse de l'inscrire à son répertoire. Mais, un jour, le public la réclame avec tant d'insistance qu'elle finit par céder et demeure ébahie du triomphe qu'elle remporte, tous les gens debout, chantant à tue-tête avec elle. Elle accepte alors de l'interpréter chaque soir, sans manquer de glisser immanquablement à son père qui hausse les épaules : « Quelle barbe, cette chanson ! »

Un triomphe réconfortant, après des débuts sur scène assez cauchemardesques. Le 10 avril 1964, en effet, à peine plus de six mois après la sortie de son premier disque, *Ne sois pas si bête*, la jeune chanteuse monte pour la première fois sur une scène, celle de l'Ancienne Belgique, à Bruxelles, en lever de rideau du récital du beau Sacha Distel, qui chante fièrement son fameux *Scoubidou*. Ils sont là pour cinq soirs et c'est ici qu'autrefois, elle a vu Charles Aznavour se produire, face aux gens attablés devant leurs consommations. Elle connaît l'endroit et n'est donc pas dépaysée, heureuse de chanter « pour de vrai ». Quand elle avance pour monter sur les planches, elle se montre souriante, détendue. Le rideau s'ouvre. Et là, soudain, le trac la paralyse.

Comment faire ? Personne ne lui a appris la moindre technique pour dominer cette peur affreuse ! Totalement désemparée, elle commence par des couacs, rate ses mesures, chante faux jusqu'à la fin de sa chanson.

Des sifflets jaillissent, des huées, et elle sort honteuse, affreusement déçue. Jamais elle n'aurait cru que cela puisse être aussi dur de chanter en public. En coulisses, tout le monde est serein et lui dit en chœur que c'est normal, que c'est son baptême du feu, que ça ira mieux le lendemain soir… Mais rien n'y fait. Elle est inconsolable. Pour elle, l'échec est total et son orgueil vacille, marqué à jamais par une cicatrice.

Des années après, elle croise Sacha Distel, qui lui dit, sans malice, avec un grand sourire :

— Tu te souviens de l'Ancienne Belgique ?

— Non, pas du tout ! lui répond-elle d'un ton sans appel.

Malgré ce soir cuisant, les galas et les tournées s'enchaînent rapidement à un rythme forcené, à raison de neuf mois sur douze. France n'a plus le trac. Elle n'a plus peur. Elle n'en a d'ailleurs pas le temps. Et tout se passe à merveille entre elle et le public.

Ce qui va moins bien, c'est le doute qui s'installe peu à peu en elle. Contrairement à ce qu'elle imaginait, elle n'est plus sûre d'avoir envie de se produire ainsi chaque soir sur scène. Elle s'y ennuie un peu et cela la trouble profondément. Certains jours, il faut avouer que son tour de chant est organisé dans des endroits improbables, sur des tréteaux installés en plein air sur de la terre boueuse, ou encore dans des établissements où le public est a priori plus intéressé par son physique que par sa voix, comme à Toulon, où une bordée de marins lui lancent des « À poil ! » fortement éméchés. Même le triomphe qu'elle remporte avec Richard Anthony, lors leur tournée commune à travers la France pour le « Gala des Étoiles », du 29 octobre au 22 décembre, ne la rend pas spécialement euphorique.

Quelques années plus tard, elle analysera les raisons de sa lassitude. Elle se reverra sur le devant de la scène, avec les musiciens loin derrière elle, souvent cachés par un tulle, sans aucune complicité possible, aucun échange, aucun sourire de connivence. C'est vrai que les tours de chant d'alors, enchaînant les tubes les uns après les autres, sans mise en scène, sans originalité, sans la moindre improvisation, manquent cruellement de concept et de décor.

À dix-sept ans, de façon prémonitoire, elle sent ce qu'attendent les ados de son âge. Elle n'a pourtant pas assez d'expérience pour s'expliquer son désarroi et continue de se laisser guider par son entourage. Certes, on lui affirme qu'elle aurait tort de se plaindre. Elle a du succès par-dessus la tête, et, dans cette période « yéyé » où toutes les autres idoles sont abonnées aux « reprises », elle bénéficie, à côté de son père et même de son frère Patrice qui s'est lancé dans l'écriture, d'une flopée d'auteurs et de compositeurs au top comme Jacques Datin, Maurice Vidalin, Pierre Delanoé, Jean-Pierre Bourtayre, Vline Buggy, Pierre Cour, Jean Dréjac, Alain Goraguer, Hubert Giraud, Georges Liferman, Guy Thomas, Eddy Marnay, André Popp, Jean-Michel Rivat, Jean-Max Rivière, Gilles Thibaut, Frank Thomas, Jean Wiener. Mais c'est Serge Gainsbourg qui lui écrit le plus de chansons, ciselant l'image qu'il a d'elle, celle d'une jeune fille malicieuse et troublante.

Il lui demande d'ailleurs, à la fin de l'année 1964, de poser son rire, qu'il trouve irrésistiblement sensuel, sur *Pauvre Lola*, une des chansons de son propre album *Gainsbourg Percussions*, sans toutefois la remercier dans les crédits…

Peu à peu, France réalise la chance qu'elle a d'être entourée de tous ces grands du métier. Elle en témoignera en 1976, au micro de France Inter : « Une interprète, déjà, n'écrit pas les paroles et la musique. Si, en plus, elle pique les chansons des Américains pour en faire des reprises, si elle ne crée pas de chanson, cela n'a aucun intérêt. »

Cela ne l'empêche pas de penser, d'enrager, et, en fait, de prendre son mal en patience. Et lorsqu'elle pense, ce n'est plus seulement à elle mais à quelqu'un. Quelqu'un qui fait le même métier qu'elle mais ne dépend, lui, de personne d'autre que de lui-même. Quelqu'un qui a la gloire. Pas de doute, France est amoureuse.

L'homme impossible

France est amoureuse d'un homme plus âgé qu'elle. Cette fois, il ne s'agit plus d'un flirt ou d'une amourette avec un adolescent qui, un soir d'été, grattouille une guitare sur une plage.

Dès le départ, elle le surnomme l'« homme impossible ». Sans doute parce qu'il lui paraît inaccessible. Elle n'a que dix-sept ans, il en a vingt-cinq et s'appelle Claude François. Surtout, il est déjà une star de la chanson française, adulé par des milliers, des centaines de milliers de fans. Lui plaire, dès lors, semble relever de l'impossible.

Ils se sont croisés à l'Olympia où l'interprète de *Si j'avais un marteau,* l'énorme succès de cette année 1964, se produit plusieurs jours. France, impressionnée par son incroyable dynamisme scénique, revient l'admirer chaque soir et se rend ensuite dans sa loge, où le jeune homme blond l'accueille bien volontiers. Séducteur, il apprécie la présence de très jolies jeunes filles blondes à ses côtés... Dès le premier regard, France est subjuguée. C'est lui, son premier grand amour, elle en est persuadée.

À la surprise générale et malgré leur assez grande différence d'âge, Cloclo ne reste pas longtemps insensible au charme de cette lolita, dont les regards énamourés avouent la disponibilité, et entame avec elle une relation amoureuse qui durera trois ans.

À maintes reprises, il lui demande d'officialiser leur liaison, qui est régulièrement évoquée dans la presse jeune, et de venir habiter chez lui. Cependant, France hésite car elle tient à son indépendance et se sent plus rassurée en continuant à vivre chez ses parents. Elle sait aussi que la star a une forte personnalité et n'a aucune envie se faire dévorer…

Et puis, ses parents, Cécile et Robert Gall, voient d'un mauvais œil cette passion qui ne semble pas tant épanouir leur fille. Ils sont inquiets. Le temps passant, ils supportent de plus en plus mal cet « homme impossible » dont les caprices et les sautes d'humeur accablent visiblement le moral de leur « petite ».

Au bout de quelques mois, ils finissent même par exiger qu'elle cesse de le fréquenter. France fait semblant d'accepter pour avoir la paix, mais, la nuit, dans la pénombre et le silence de l'appartement, elle fait le mur, ses chaussures à la main, et court rejoindre son amant qui l'attend chez lui. Son frère Philippe, par sécurité, l'accompagne en voiture, tandis que les parents dorment et ne se doutent de rien.

Au petit matin, toujours aussi silencieusement, elle revient à la maison et se glisse dans son lit où elle dort deux ou trois heures.

Dans la journée, la vie normale reprend, l'air de rien, mais, les yeux cernés, elle met un point d'honneur à être parfaite, consciencieuse, même si son métier de chanteuse pèse désormais peu par rapport à sa vie privée. Sa vraie passion, c'est l'amour. Ou plutôt, son vrai amour, c'est la passion.

Une passion qui la dévore, car Cloclo lui en fait voir de toutes les couleurs. C'est un dominateur-né qui aime lui jouer toutes sortes de tours. Il annule des rendez-vous à la dernière seconde, exige qu'elle vienne le rejoindre sur-le-champ, où qu'il soit. Chacun doit être à sa disposition.

Nul ne peut dire qu'il ne tient pas à elle, bien au contraire, car il se montre d'une jalousie affreuse, presque maladive. France est de plus en plus sollicitée par son métier, adulée par ses fans. Et ça, il ne le supporte pas. Alors, peu à peu, il cherche, insidieusement, à lui imposer sa loi, à lui faire respecter ses règles. C'est ainsi qu'en tournée, il insiste pour qu'elle soit à son hôtel dès sa sortie de scène et n'hésite pas à appeler tout de suite :

— Où étais-tu ? Tu étais censée finir il y a une heure et tu n'étais pas dans ta chambre ! Avec qui étais-tu ?

Elle tente bien de s'expliquer, de s'excuser, elle pleure, mais il raccroche. Elle rappelle, il raccroche. Ce petit jeu peut durer des heures et n'a rien d'équilibrant pour une toute jeune fille.

De plus, elle se rend impopulaire auprès de ses musiciens, pas au courant, qui ne constatent qu'une chose : après chaque spectacle, elle les laisse en plan, ne dîne jamais avec eux, ne sort pas en discothèque en leur compagnie. Bref, à leurs yeux, elle les snobe. Pour eux, elle a pris la grosse tête et se conduit comme une sale gamine.

À l'étranger, au Japon, par exemple, la tension que Claude François fait peser sur elle, en la pistant et en la menaçant de la quitter s'il ne la trouve pas, l'empêche de profiter pleinement du pays, ce dont tout le monde s'indigne sans connaître le tenant des choses.

Ce permanent psychodrame l'épuise et lui fait perdre toute légèreté. Elle se sent perpétuellement tourmentée, ce qui se traduit par une extrême nervosité qui rejaillit sur son entourage. Elle devient insupportable, irritable à l'extrême. Son père n'en peut plus mais s'avoue vaincu car il n'a plus aucune influence sur elle. Comme rien ne sert d'essayer de la contrôler, il prend la décision de lui proposer son émancipation. Elle a dix-huit ans, la majorité est à vingt et un ans. Autant la laisser libre de vivre sa vie et de rejoindre définitivement Cloclo.

Pour France, la surprise est de taille car elle n'a jamais rien demandé de tel. Elle refuse, paniquée, et ne veut pas se livrer pieds et poings liés à un amoureux qui ne lui laisse déjà aucun répit. Elle ne veut pas être complètement dépendante de lui et sent que cela pourrait s'avérer dangereux pour son équilibre.

Son refus est un réflexe de survie. Elle s'en rend heureusement compte, même si la passion dévore son cœur trop juvénile. Claude François lui reproche de plus en plus de choses et notamment sa réussite. Une autre forme de jalousie, peut-être ? France n'arrive plus à analyser quoi que ce soit. Elle est plongée dans la spirale d'un amour dévastateur. Tout ce qu'elle constate, c'est qu'elle se démène en vain pour le satisfaire, et pour garder son amour, mais qu'il n'est jamais content.

À cette période, son métier de chanteuse lui est de plus en plus indifférent. Pourtant, le 20 mars 1965, elle représente le Luxembourg au concours Eurovision de la Chanson. Elle est à Naples avec sa famille et Brigitte Berthollier, sa grande confidente. Guy Mardel représente la France avec *N'avoue jamais* et le starissime Bobby Solo l'Italie. France doit interpréter *Poupée de cire, poupée de son*, écrite par Serge Gainsbourg, lui aussi du voyage. Pour une fois, c'est elle, seule, qui a choisi ce titre parmi la dizaine qu'on lui a demandé de préparer pour le concours.

De violentes critiques courent pourtant alors en France à l'encontre de Gainsbourg qui avait imaginé là une « chanson-produit ». En jouant cette carte-là, il était, disaient ses détracteurs, tombé bien bas.

L'homme à la tête de chou avait répondu, sourire en coin : « J'ai retourné ma veste car j'ai vu qu'elle était en vison ! »

L'après-midi, les répétitions ne se passent pas très bien. Les musiciens de la grande formation du spectacle n'aiment pas les orchestrations de la chanson. Quand France a fini de chanter, ils font un maximum de bruit pour manifester leur désapprobation. Une véritable cacophonie. Ils sifflent et protestent violemment. Selon eux, cette musique est trop proche du galop d'un cheval.

C'est alors le moment de tester le nouveau système de vote qui permettra le soir aux différents pays de donner leurs points. France n'obtient aucun point. Zéro ! C'est le désastre ! Tout le monde est catastrophé, Gainsbourg fait la tête et menace de rentrer à Paris. France s'en moque. Elle ne joue quand même pas sa vie, qui, comme on le sait, est ailleurs…

On lui explique que c'est un concours important, que sa carrière internationale en dépend, que, pour la première fois, dix-huit pays participent au concours, dont l'URSS, et que 200 millions de téléspectateurs vont la regarder. Elle hausse les épaules et décide de s'isoler dans sa loge pour échapper à ceux qui tentent de lui mettre la pression… Dans sa tête, il est clair qu'elle n'a aucune chance de remporter ce célèbre concours, ni même d'y être bien classée. Peu importe.

Le soir, elle fait malgré tout un effort sur scène en se disant que Claude François doit se trouver devant son poste. Elle ne veut pas démériter à ses yeux et à ses oreilles. Le public l'applaudit chaleureusement. Elle est contente, elle a bien fait son travail, se sent prête à passer à autre chose…

Elle disparaît donc avec son amie Brigitte et elles se rendent au foyer du théâtre pour y prendre un verre. Là, tranquilles, elles peuvent décortiquer à loisir pour la millième fois les dernières facéties de l'amoureux diabolique.

Le temps passe. Soudain, des dizaines de personnes arrivent en courant, essoufflées, surexcitées, hurlant en italien :

— Venez vite ! Vous avez gagné ! On vous cherche partout !

France part en courant mais sans oublier ses devoirs amoureux :

— Brigitte, s'il te plaît, appelle l'homme !

Elle est folle de bonheur. Il va être fier d'elle.

Après avoir rechanté sa chanson devant un public à présent déchaîné, elle revient vite en coulisses, son prix dans les bras. Une des candidates malheureuses, Katy Kirby, qui représentait le Royaume-Uni et que tout le monde donnait pour favorite, lui lance avec rage, levant la main comme pour la gifler :

— C'est truqué ! Vous n'auriez jamais dû gagner. Vous avez eu zéro point cet après-midi. C'était moi la meilleure !

France ne l'entend même pas. Elle cherche des yeux Brigitte qui lui fait signe de la rejoindre à la cabine téléphonique accrochée au mur des coulisses. Elle prend le combiné : l'homme est au bout du fil.

— Alors, tu es content ?

— Écoute-moi bien. Tu as gagné, bravo. Alors, entre nous, c'est terminé !

Là-dessus, il raccroche. France éclate en sanglots. Elle suffoque. Les journalistes qui l'entourent et attendent ses premiers mots, les photographes qui lui envoient leurs flashes en pleine tête, tous trouvent adorable cette petite Française qui pleure à chaudes larmes parce qu'elle vient de remporter le grand prix. Si ses nerfs ont eu raison d'elle, c'est bien normal. Quel amour de jeune fille ! Elle fait l'unanimité.

Au grand dîner qui est ensuite organisé et où tout le monde est là pour fêter sa consécration, France Gall brille par son absence. Où est-elle ? On suppose qu'elle s'est retirée dans son hôtel, épuisée par la fatigue et l'émotion. C'est en tout cas ce qu'avancent ses producteurs et ses parents à titre d'excuse. Eux-mêmes n'arrivent pas à la joindre. Sa ligne est toujours occupée, elle a sûrement décroché et doit dormir.

France est effectivement dans sa chambre, mais si son téléphone ne répond pas, c'est qu'elle compose en vain le numéro de Claude qui lui non plus ne répond pas. Elle a le cœur brisé.

Le lendemain matin, malgré « l'incident », tout l'entourage se lève, joyeux. Un séjour de rêve est prévu à Capri pour la gagnante et sa famille. Il est l'heure de se préparer pour ce voyage triomphal.

Mais la petite a disparu et n'est plus dans sa chambre. Renseignements pris à la réception, on découvre qu'elle est partie à l'aube, qu'elle a pris le premier avion pour Paris, sans laisser le moindre mot, sans prévenir personne, pas même son amie Brigitte.

Pour le coup, tout le monde est effondré. Le voyage à Capri reste confirmé, mais que va-t-on dire aux journalistes ?

Alors que des millions de gens s'éveillent à leur tour en se disant que la jolie petite chanteuse blonde doit être la plus heureuse du monde, c'est en fait la plus malheureuse, qui sanglote, suspendue à la sonnette de l'appartement de son amoureux, espérant follement qu'il lui ouvre sa porte. Elle finit par s'asseoir sur le paillasson, prostrée. Elle attend. Des heures.

Enfin, il lui ouvre... Et leur histoire reprend.

Ce pénible épisode laissera des traces dans le cœur de France. D'autres incidents dans l'année qui suit, de nouveaux coups de théâtres finiront par avoir raison de son amour. Elle n'en peut plus. Elle décide de le quitter mais n'en a pas encore la force. Enfin, en juillet 1967, alors qu'il l'attend à Saint-Tropez, elle lui balance au téléphone un sec : « Je ne viens pas ! » avant de raccrocher. Cette fois, c'est fini. Elle est enfin débarrassée de son envoûtement.

Claude, lui, ne l'entend pas de cette oreille. Il saute dans un avion pour Paris et la cherche partout. En vain. Il l'a perdue. Il le comprend. C'est à son tour de souffrir. Il en fera deux chansons : *Reste* et, surtout, un des standards les plus chantés dans le monde, *Comme d'habitude*.

Il n'aura plus, en tout cas, l'occasion de se complaire dans des habitudes, même s'il la poursuivra encore longtemps de ses assiduités. D'ailleurs, il ne lui pardonnera jamais cet abandon. Il ne manquera jamais non plus de tenter de la vexer à distance, de l'amoindrir aux yeux de tous. France restera indifférente. Elle refusera, même, de parler de lui. Et quand on évoquera *Comme d'habitude* devant elle, elle détournera toujours la conversation, en disant : « Ce monstre que décrit cette chanson, ce n'est pas moi ! »

Cloclo, de son côté, confiera en juin 1977 à son propre magazine, *Podium* : « Quand j'ai rencontré France Gall, j'ai compris que mon cœur était cicatrisé, qu'à nouveau, j'étais capable de dire "Je t'aime". Avec France, cela a duré plus de trois ans, trois ans qui marqueront ma vie. Cela a été plus que de l'amour, de la passion. Comme la foudre de l'orage, zébrée d'électricité. Après notre rupture, je suis resté longtemps enfermé chez moi, dans mon moulin de Dannemois. Je ne répondais même pas au téléphone, de peur d'entendre sa voix. Et cent mille fois, j'ai composé son numéro, raccrochant avant qu'elle décroche... Cela a duré plus de trois mois, pendant lesquels je suis resté cloîtré, vivant à peine, incapable de penser à autre chose qu'à ma peine, incapable de lire... »

France, elle, a tourné la page et ne la relira jamais.

Dur, dur d'être une idole

Grâce à cette histoire, l'adolescente est devenue une femme. Entre ses débuts à l'âge de seize ans et cet instant où elle se retrouve libre de tout engagement amoureux, elle a mûri, grandi et commence à bien savoir ce qu'elle veut, et surtout ce qu'elle ne veut pas.

Il semble loin le temps de l'école où elle menait des études nonchalantes. Même si son métier de chanteuse n'est finalement pour elle qu'une occupation comme une autre, elle tient à remplir du mieux possible ses obligations professionnelles.

Toujours à l'heure, prête, maquillée, habillée, connaissant parfaitement le play-back de ses chansons, il est quasiment impossible de la prendre en défaut. Une question d'honneur.

C'est dire sa honte le jour où, en 1965, elle a raté un rendez-vous (remporté pour elle de haute lutte) à la célébrissime émission de télé de Denise Glaser, « Discorama ». Cela paraît inimaginable. Que l'animatrice-productrice, très pointilleuse sur le choix de ses invités, se targuant de ne recevoir que des artistes d'excellent niveau intellectuel et culturel, des chanteurs « à message », ait accepté d'interviewer une chanteuse « yéyé » relève du miracle. Mais sur le plateau, tout le monde s'affole : pas de France Gall.

Denise Glaser se met évidemment en colère et annule l'enregistrement. Elle se déclare fâchée à tout jamais avec « cette petite péronnelle qui pense certainement plus à ses cheveux blonds qu'à sa carrière » !

Mais où est la chanteuse ? Personne ne le sait. En fait, elle fait sereinement des courses avec sa cousine Agnès. Elle a tout simplement oublié qu'elle avait une télé.

Quand elle découvre sa faute en rentrant chez ses parents que sa disparition incompréhensible semble avoir paniqués, elle toujours si précise, France se confond en excuses et appelle sans relâche Denise Glaser, qui ne la prendra jamais au téléphone. Une telle bourde, elle n'en commettra plus jamais.

Le respect des médias et du public, c'est son père qui le lui a bien inculqué. À ses débuts sur scène, comme elle avait eu, par manque de plaisir, rapidement tendance à raccourcir son tour de chant en « sucrant » deux ou trois titres, Robert Gall l'avait vertement sermonnée :

— Ce n'est pas sérieux ! Tu ne chantes pas pour toi, mais pour les gens. Ils en veulent pour leur argent. Ils attendent de toi ce qui est prévu au programme. Ils sont venus pour t'apprécier un peu plus, pas pour t'en vouloir de les avoir... floués !

Une leçon qu'elle n'a jamais oubliée, même si, sur le moment, elle aurait bien rétorqué à son père qu'elle n'aimait pas tout ce qu'on lui faisait chanter.

« J'avais un dégoût très sûr ! » dira-t-elle plus tard en riant. En fait, à présent, sa position d'idole des jeunes l'embarrasse énormément. Elle qui a connu Charles Aznavour et Édith Piaf, qui les a vus et admirés sur scène, a le sentiment que chanter en vedette relève aujourd'hui pour elle d'une sorte d'imposture. Elle se dit qu'elle n'a pas leur carrure, qu'elle ne « possède » pas leur métier. Ils ont eu des années pour faire leur apprentissage, et, elle, elle a été propulsée du jour au lendemain sur le devant de la scène. Cela a beau être significatif de ces années-là, où la plupart des chanteurs adulés par les ados se voient obligés d'enchaîner les galas et les tournées sans aucune expérience – comme Sheila, Françoise Hardy, Christophe ou Sylvie Vartan –, cela la dérange. Elle a été frappée par les horreurs que Sylvie a dû subir en public à ses débuts : fruits jetés à la tête et hurlements du genre : « Sylvie va-t'en ! »

Ainsi, cette mode du « jeunisme » fait des ravages. Il faut réussir tout de suite. Les croulants sont jetés aux oubliettes au profit des « yéyés ». Les vieux chanteurs sont oubliés pour un temps, comme Aznavour, justement, Brel, Bécaud, et beaucoup d'autres. Dalida, hier encore abonnée au succès avec des chansons d'amour sirupeuses, se lance elle-même dans le twist pour rester dans la course.

Les journaux de jeunes se multiplient, la télévision et la radio produisent de plus en plus d'émissions pour la génération des « copains ». Cette mode devient phénomène de société, avec ses références, son langage, ses codes vestimentaires, et ce fameux impact économique qui n'échappe pas aux spécialistes.

France figure parmi les têtes d'affiche de cette nouvelle vague de liberté apparente pour la jeunesse. Si elle ne peut pas en profiter pleinement elle-même, à cause de ses obligations, elle jubile quand elle arrive à courir les rues et les magasins avec sa cousine Agnès, qui a le même âge qu'elle et vient d'être intronisée à sa demande « secrétaire particulière ». Fous rires, complicité, bêtises d'adolescentes endiablées, c'est le temps de l'insouciance, celui qui demeurera l'empreinte de la fin des années soixante.

Quand elles ne peuvent pas assouvir leur passion pour le shopping, comme au Japon où il est impossible à France de sortir dans la rue sans y être poursuivie par des centaines de fans en délire (*Poupée de cire*... y a fait un malheur), elles restent calfeutrées dans leur chambre qu'elles ont voulue commune et jouent aux cartes pendant des heures. Elles poursuivent d'ailleurs ces parties dès qu'elles le peuvent dans les trains, les avions, les salles d'attente, dans les loges des salles de concert ou des plateaux de télévision. Ensemble, elles ne s'ennuient jamais et se font mille confidences.

France adore cette ambiance de filles. Entourée d'adultes très occupés, cela lui fait du bien de rire de tout et de rien comme une « bécasse », aime-t-elle préciser.

Le seul moment où elle tient à être seule, c'est quand elle téléphone. Avant, c'était à Claude, maintenant, à des petits flirts qui ne font que passer, mais qui la tiennent quand même souvent très longtemps collée à son combiné. D'autant plus longtemps pour Agnès que France lui demande alors de la laisser tranquille et qu'elle se retrouve dans la salle de bains, patientant sagement, assise sur le bord de la baignoire.

France est enfin redevenue sereine, et ce ne sont pas les problèmes d'argent qui pourraient la préoccuper. Elle a horreur de parler de cela et n'a d'ailleurs aucune idée de ce qu'elle gagne. De toute façon, elle n'est pas encore majeure et son père gère pour elle. Elle le laisse s'occuper de tout : contrats, placements, impôts. Ce qu'elle aime, c'est dépenser. Ça, elle adore. Le luxe qui la faisait autrefois rêver lui semble désormais tout à fait accessible, même si papa n'est pas de cet avis. Il entend protéger sa fille et ne lui donne de l'argent qu'au compte-gouttes. Cela ne la contrarie pas outre mesure car cette dépendance lui évite les contingences ennuyeuses de l'âge adulte. Elle aime et cultive ce paradoxe : idole et femme libre d'un côté, petite fille à la maison de l'autre !

Par les temps qui courent, l'argent coule à flots dans la famille. Le succès de la petite est immense. Après l'Eurovision, elle est maintenant sollicitée par de multiples pays. D'ailleurs, elle a dû enregistrer *Poupée de cire* en six langues différentes. Les États-Unis diffusent, lors de l'été 65, une émission de Jean-Christophe Averty dans laquelle elle figure. Walt Disney la remarque et la fait contacter pour incarner Alice dans *Alice au pays des Merveilles*, un film musical. Un projet qui n'aboutira pas, le grand homme, déjà gravement malade, décédant le 15 décembre 1966.

En Allemagne, elle est devenue une énorme vedette avec ses titres adaptés dans la langue qu'elle chante phonétiquement. Elle y est tellement populaire qu'elle représente même plusieurs fois ce pays dans certains festivals en tant que chanteuse allemande. Ainsi, on lui a octroyé le titre de résidente permanente et offert sa toute première voiture, une superbe Porsche. Elle y chantera régulièrement jusqu'en 1972, avec une équipe particulière, composée de l'auteur et orchestrateur célébrissime outre-Rhin Werner Müller, de l'acteur Horst Buchholz (*Les Sept Mercenaires*), du compositeur de musiques de films Georgio Moroder, qui lui écrivent des tubes comme *Love, l'amour und liebe* en 1967, *Hippie, hippie* en 1968, *Ich Liebe Dich*, *So Wie Du Bist* et *I Like Mozart* en 1969 et *Mein Herz Kann Man Nicht Kaufen* en 1970, son plus gros succès dans ce pays étant *A Banda* en 1968.

Au Japon, sa blondeur ravit les foules. Elle y reste en tête du hit-parade pendant deux ans, et y rivalise avec ses idoles, les Beatles. France adore ce pays, appréciant particulièrement le souci du détail qui y prédomine comme le goût du perfectionnisme. Elle est toutefois choquée que le public n'ait pas le droit de se lever pour chanter et danser pendant son show, qu'il ne puisse ni s'approcher de la scène, ni prendre des photos. Elle est même horrifiée que le service d'ordre n'hésite pas à donner des coups de gourdins aux contrevenants. Pourtant, elle a déjà éprouvé un réel besoin de sécurité quand des fans japonais l'ont poursuivie en criant comme des malades dans les couloirs de son hôtel, des ciseaux à la main, afin de lui ôter une mèche de ses cheveux blonds.

Cependant, ces déplacements lointains n'inspirent guère l'artiste. Elle ne voit rien des villes ni des pays qu'elle traverse. Du 3 au 11 mars 1966, par exemple, elle parcourt au pas de course le Canada, New York, l'Argentine et le Mexique, qui l'attendaient impatiemment depuis sa victoire à l'Eurovision. Cela l'oblige à vivre au milieu de valises jamais défaites. Elle éprouve le sentiment de n'avoir aucune vie à elle. Elle s'ennuie. Même si, en France, elle est consacrée chanteuse pop n° 1.

L'année 1967 la verra au Liban, encore et encore au Japon, mais aussi au Portugal, au Luxembourg, en Espagne et en Allemagne... Là, elle n'en peut plus et elle prend donc une décision qui devrait changer sa vie... Elle va tout arrêter.

À l'aube de ses vingt et un ans, elle annonce à ses producteurs qu'elle entend honorer les contrats en cours, pris sur les deux années à venir, notamment ceux signés avec le Canada et l'Allemagne, mais qu'il n'y en aura plus d'autres. Elle leur explique qu'elle va désormais prendre sa vie et sa carrière en main, qu'elle va choisir elle-même ses chansons, qu'on ne lui imposera plus rien.

À sa mère, dont elle a toujours été très proche et qui a toujours prêté une oreille attentive à ses doutes et à ses questions existentielles, elle confie qu'après ces dernières années de folie, elle se sent surtout blessée, meurtrie. Elle a non seulement souffert de son histoire passionnelle avec Claude François, mais aussi dans sa dignité à cause de ce qu'on lui a fait chanter. Elle considère qu'on s'est servi d'elle, de sa naïveté. Elle n'en peut plus.

C'est ce qu'elle tente de raconter à sa mère, en lui rappelant des expériences douloureuses, comme l'histoire des *Sucettes*.

Serge Gainsbourg, toujours lui, a préparé un goûter, à son domicile, en 1966, comme il le fait tous les trois mois pour elle, et lui chante au piano *Les Sucettes*, qu'il lui présente comme une comptine :

— Écoutez comme c'est mignon ! C'est tout à fait pour vous !

La mélodie enchante France et cette histoire de sucette à l'anis qui fond dans la gorge d'une jeune fille joyeuse et insouciante l'amuse. La dernière fois, elle lui avait raconté, comme ça, qu'elle adorait ces sucreries. Et il en a fait une chanson ! C'est trop adorable ! Elle sait bien que Serge est en passe d'enregistrer *Je t'aime moi non plus* avec Brigitte Bardot, qu'il voit beaucoup, et intimement paraît-il, ces temps-ci, et qu'il raffole des doubles sens, mais là, elle ne voit rien venir. Elle aime ces *Sucettes* et elle les enregistre sans se poser de question. Pourquoi y chercherait-elle de la malice ?

Le disque connaît un succès foudroyant, avec des ventes colossales dépassant le million d'exemplaires. France note bien alors les réactions étranges que les gens ont autour d'elle, les rires sous cape, les ricanements, les regards bizarres, mais elle n'y prend pas plus garde que cela. De la même façon, sur les plateaux de télévision, elle remarque que lorsqu'elle répète, tout le monde s'arrête de travailler, techniciens, balayeurs, assistants. Elle ne réalise pas pourquoi elle suscite autant d'attention.

Et puis, un jour, pendant une émission de Jean-Christophe Averty, elle se dit qu'il se passe quand même quelque chose d'extraordinaire. Pendant qu'elle chante *Les Sucettes*, elle a en face d'elle une foule de photographes, de secrétaires ayant déserté les étages supérieurs, d'assistants et de collaborateurs de toutes sortes. Et tous ont l'air de rire, voire de se gausser d'elle.

France se tourne vers une amie qui l'accompagne :

— Tu peux me dire ce qui se passe ?

— Tu sais bien... C'est à cause du double sens de la chanson...

— Comment ça ? Il y a un double sens dans *Les Sucettes* ?

À la seconde, elle comprend et devient écarlate. C'est une chanson paillarde ! La honte la submerge. Elle a envie de disparaître sous terre. Impossible, pourtant, de ne pas poursuivre l'enregistrement. Elle s'y soumet, en maîtrisant sa gêne, mais elle se sent épouvantablement mal à l'aise. Dès qu'Averty la libère, elle court se réfugier chez elle où elle s'effondre en larmes.

Comment a-t-on pu lui faire cela ? Gainsbourg, son père, ses producteurs... tous ont profité de sa candeur ! Tous des traîtres ! Personne ne lui a expliqué le sens pervers de ces paroles scandaleuses qui la font passer pour une lolita un brin nymphomane.

En plus, elle est vexée de ne pas avoir compris ce qu'on lui faisait chanter et se sent humiliée à l'idée qu'on ait pu croire qu'interpréter un texte aussi pervers était son propre choix. Sur son lit, entre deux sanglots, elle se dit que le pays entier a désormais une image d'elle qui la dégoûte et que les garçons ne peuvent plus la regarder que de façon lubrique. Elle vit un moment affreux et plonge dans une déprime qui durera plusieurs mois. Après la gifle de Denis Bourgeois, c'est la deuxième chose qu'elle n'oubliera jamais et ne pardonnera pas.

Par fierté, jamais elle n'en parlera à Gainsbourg : « J'ai fait semblant de rien », confiera-t-elle plus tard.

En attendant, elle décide qu'elle ne chantera plus jamais cette saleté de chanson, que ce soit à la télé ou sur scène, et qu'à l'avenir elle fera plus qu'attention à ce qu'on lui proposera. Elle a définitivement perdu confiance en son entourage.

Depuis quelque temps, elle supporte déjà mal la façon qu'ont ses proches d'organiser son planning. Selon elle, cela part dans tous les sens, au hasard des propositions. Elle se trouve parfois un jour en Allemagne, le lendemain à Paris, et de nouveau en Allemagne le surlendemain. Toute l'équipe de production vit au jour le jour, ne prenant plus jamais le temps de se réunir pour penser à l'avenir, trouver de nouvelles idées, imaginer le suivi de sa carrière.

De mauvais souvenirs lui reviennent : quand on l'avait obligée à enregistrer deux duos, l'un avec l'irrésistible amuseur public Maurice Biraud, *La Petite*, l'autre avec la charmante Mireille Darc, *Ne cherche pas à plaire*, et, si l'enregistrement et le résultat s'étaient révélés sympathiques, elle avait après coup mal supporté ces productions qui, elle s'en rendait bien compte dans les commentaires de la presse, n'arrangeaient pas son image artistique.

Et ces chansons qu'on la force à interpréter ! Comme *Gare à toi... Gargantua*, sortie en janvier 1968. Quelle horreur ! Désormais, elle n'apprécie plus qu'on la déguise pour « faire des pages » dans les magazines. Pour le journal *Baby Pop*, par exemple, on l'a affublée d'une perruque noir et blanc, et on a peint ses lèvres de la même façon. Elle s'est trouvée hideuse.

La seule chose qui lui permet de supporter encore cette vaine « gabegie » est sa nouvelle histoire d'amour. Elle connaît l'heureux élu depuis longtemps, mais il a attendu qu'elle soit libre. Musicien de groupe, il est très amoureux d'elle. De son côté, touchée par l'admiration qu'il éprouve pour elle et par son obstination à la rendre heureuse, elle se montre très attendrie. Ce garçon sait quel cauchemar passionnel elle a vécu et affiche la plus grande douceur pour la courtiser. Pour ses vingt ans, il lui loue un orchestre chez Maxim's pour un dîner à deux aux chandelles. Elle savoure pleinement ses attentions romantiques et le présente à ses parents.

Premiers pas d'adulte

9 octobre 1968. France fête ses vingt et un ans. Elle est enfin majeure !

Comme elle l'a annoncé depuis des mois, elle a décidé de prendre sa vie en main. Ses deux derniers 45 tours ont fait un flop et il lui faut comprendre pourquoi. Le premier a été réalisé par l'orchestrateur Alain Goraguer, qu'elle retrouve régulièrement depuis le début de sa carrière, avec quatre titres qu'elle aimait bien, comme le jazzy *Temps du tempo*, écrit par son père, et le folk *Vieille Fille* de Jean-Michel Rivat et Joe Dassin, mais la tornade de mai 1968 a tout balayé ! Le second, paru à l'automne, avec *Y'a du soleil à vendre*, toujours de son père, et *Souffler les bougies*, encore de Dassin, n'a éveillé aucun intérêt auprès du métier et n'a obtenu aucune résonance auprès d'un public obsédé dorénavant par des aspirations à un monde différent.

France fait d'abord le point sur ses propres capacités de décision. Et ce n'est pas simple. Elle sait qu'elle n'est pas encore de taille à traiter avec les maisons de disques, lire et corriger des contrats, chercher elle-même des chansons en rencontrant des auteurs et compositeurs. Il faut donc qu'elle s'entoure.

Elle demande à son père de rester auprès d'elle. Il est quand même celui en qui elle a le plus confiance. Il a su protéger ses intérêts et il va continuer à le faire. Ils ont une énorme complicité et elle a besoin de garder cette part d'enfance et de candeur dont les autres chercheraient à profiter.

Par contre, elle ne veut plus de son coproducteur, Denis Bourgeois. Elle a toujours très mal supporté son côté « professeur » et n'a jamais pu digérer la fameuse gifle de ses débuts à cause d'une interview ratée. France n'oublie jamais rien... Et puis, elle décrète qu'il est temps de s'éloigner de Serge Gainsbourg. Cela fait cinq ans qu'ils travaillent ensemble, et l'un et l'autre sentent bien qu'ils sont arrivés au terme de leur entente. Ils se l'avouent d'ailleurs en face, soulagés de mettre un terme à leur collaboration. « C'est comme si nous avions fait chacun le tour complet de l'autre et qu'il n'y avait plus rien à découvrir[1] », dira-t-elle plus tard.

La dernière chanson qu'il a écrite pour elle, *Teenie Weenie Boopie*, n'a d'ailleurs pas été retenue par les programmateurs radio qui trouvent le thème abordé, celui de la drogue LSD, quelque peu dérangeant... Ils lui ont préféré un autre titre imaginé par Joe Dassin, *Bébé Requin*. Gainsbourg en a été très humilié et en a conclu qu'il n'avait plus la main avec la « petite ».

La nymphette émouvante qui l'avait tant séduit s'est métamorphosée en femme et cela fait un certain temps qu'il ne lui offre plus de nounours, mais des bracelets Hermès. Son inspiration pour elle s'en est tarie... Il tente quand même un dernier essai en lui faisant enregistrer un duo avec

1. *Chorus*, 2001.

lui, consacré à la peine de mort *Qui se souvient de Caryl Chessman ?* Mais le disque ne sera jamais commercialisé. Trop perturbant, pas assez vendeur pour les décideurs du métier.

Parallèlement, Robert Gall signe, début 1969, un nouveau contrat avec La Compagnie, une maison de disques créée par Norbert Saada, et née de l'association d'artistes comme Hugues Aufray, Nicole Croisille et Michel Colombier. Des disques sortent, comme *Un homme tout petit*, classé numéro 1 en Allemagne, et *L'Orage*, une adaptation d'un succès italien de Gigliola Cinquetti, qui permet à France de faire une tournée au Canada et de participer au Festival de San Remo. D'autres singles suivent : *Les Années folles*, *Baci, baci, baci*, *Cet homme est fou*, *Zoïzoï*, *Les Éléphants*. Mais, globalement, les ventes baissent, le public n'adhérant plus que moyennement à son image de lolita.

Ce répertoire est pourtant écrit par une nouvelle équipe d'auteurs qui entoure désormais la jeune femme, dont Jean-Pierre Bourtayre, un célèbre « faiseur » de chansons, qui écrit aussi pour Claude François, ainsi que, esprit de famille oblige, ses deux frères Philippe et Patrice Gall.

Tout le clan habite désormais avenue Victor-Hugo, dans un immense appartement que tous surnomment « la Roulotte ». Il s'y trouve en permanence une foule de gens, des amis d'amis, qui s'affalent sur les canapés du salon, tantôt avec une guitare, tantôt poussant la voix sur des mélodies improvisées. Nous sommes dans les années post-68. C'est l'ère de la jeunesse baba-cool. Un vent nouveau de liberté flotte dans l'air.

France adore cette ambiance. Elle n'a jamais été aussi proche de ses parents, de ses frères et se sent parfaitement à l'aise dans cette atmosphère « gitane ». Elle mitonne des plats au hasard de recettes inventées sur-le-champ, au milieu des fous rires de ses amies et de sa cousine Agnès. Elle est heureuse, tout simplement.

Pourtant, sa carrière décline peu à peu, et ce n'est pas un hasard. Entre deux déplacements, France sort avec ses amis, en discothèque et s'amuse, dansant jusqu'à l'aube et profitant largement de ce « rab » d'adolescence. Elle rattrape le temps perdu, celui où elle ne pouvait pas faire ce qui lui plaisait.

Cette période de douce légèreté va durer deux ans, jusqu'au moment où La Compagnie fait faillite et dépose son bilan. Pour France, le choc s'avère brutal. Elle se sent comme une Belle au bois dormant qu'on réveille subitement, qui doit à la fois sortir de ses rêves, affronter la vie et trouver son chemin…

Elle commence par avoir une longue conversation avec son père. Ils prennent d'un commun accord la décision de ne plus travailler ensemble. Ils vont, bien entendu, rester proches, mais il est temps pour Robert Gall de s'effacer. France trouve la force de tout faire elle-même. Elle décroche d'ailleurs sans son aide, et non sans fierté, un contrat d'artiste sur le label américain Atlantic, dont elle est la première chanteuse française.

À la maison, parmi les amis qui passent régulièrement, de nouvelles têtes émergent, comme celles d'un jeune auteur Claude-Michel Schönberg et d'un musicien adolescent aux cheveux longs, Jean-Michel Jarre. France écoute attentivement tout ce qu'ils lui proposent, tandis que les jumeaux dressent l'oreille dans la pièce d'à côté. C'est elle qui leur a demandé de rester aux aguets. Elle a encore besoin de leur avis. Elle ne veut pas trop se presser, souhaitant se donner le temps de faire les bons choix et surtout celui de continuer à profiter de la vie.

En dehors de ses rendez-vous professionnels, elle prend du plaisir à mille occupations féminines : faire de la tapisserie, de la broderie, prendre des photos qu'elle développe et agrandit elle-même, peindre, et cuisiner. Elle n'aime d'ailleurs pas être dérangée dans ces moments-là. Surtout par le téléphone, qu'elle déteste et auquel elle répond le moins souvent possible. Avoir un inconnu au bout du fil représente pour elle le comble de l'horreur. Idem pour les appels concernant son métier. Heureusement, il y en a peu. Le show-business semble l'oublier et elle s'en réjouirait presque. Il lui paraît normal qu'après tout ce tourbillon on s'intéresse moins à sa petite personne.

Un jour, un jeune metteur en scène, Philippe Colin, l'appelle pour lui proposer un projet. Elle ne le connaît pas et l'éconduit en une phrase : « Qui vous a donné mon numéro ? » demande-t-elle sèchement. Il n'insiste pas.

Robert Hossein, lui, la fait contacter par un ami commun. Il a aussi un projet pour elle, et elle lui concède un rendez-vous : « Vendredi, à quatorze heures, chez moi ! »

Hossein arrive ce vendredi avec un retard de quarante-cinq minutes. Il est désolé et France est agacée : « Emmenez-moi chez le coiffeur. J'ai rendez-vous à quinze heures. Vous me parlerez de votre proposition dans la voiture ! »

Il s'agit d'un film, *Point de chute*, avec Johnny Hallyday, la plus grande des idoles des jeunes. Elle partagerait l'affiche avec lui. France lui répond qu'elle n'a aucune envie d'être actrice et décline l'offre. « D'ailleurs, lui précise-t-elle, je n'ai actuellement envie de rien. » Elle dira plus tard :

« Je n'étais pas sérieuse. Je passais mes journées à être débordée de ne rien faire[1] ! »

Le milieu du cinéma lui fait pourtant d'autres propositions, qu'elle balaie de la main, alors que ses consoeurs n'hésitent pas à affronter les caméras, ainsi Sheila dans *Bang Bang*, Sylvie Vartan dans *Patate*, ou Françoise Hardy dans *Grand Prix*. Claude Chabrol a beau la contacter, Alain Delon la solliciter pour *Adieu l'ami*. En vain.

Il faut toute la persuasion de son frère Patrice pour qu'elle accepte tout de même, en 1971, d'être la vedette d'un roman-photo, *Pour sauver les charmilles*, que le magazine de télévision *Télé-Poche* se propose de diffuser en huit épisodes. En 1973, elle participe à un court-métrage, *Notre correspondant à Madras*, aux côtés de l'acteur Sacha Pitöeff, qui sera diffusé sur la troisième chaîne le 10 mars 1974. Il n'y aura jamais de suite à cette première expérience cinématographique...

Au cours de ces années 70, quelques 45 tours paraissent, mais sans obtenir de grand écho, comme *C'est cela l'amour*, de Jacques Lanzmann. Les ventes sont pratiquement égales à zéro. Elle accepte pourtant de participer à une tournée *Mademoiselle Âge Tendre* avec Adamo et Gilles Marchal, du 19 au 30 novembre, mais elle se rend compte que le triomphe n'est plus au rendez-vous.

Le P-DG de WEA, Bernard de Bosson, un ancien pianiste de jazz, finit même par lui rendre son contrat. France écoute alors les conseils de ses grandes amies du métier, l'attachée de presse Tony Kranz et la productrice de radio Marie-France Brière et signe chez Pathé-Marconi. De nouveaux titres sont essayés, comme *Cinq Minutes d'amour*

1. France 3, 2003.

en 1972, *Plus haut que moi* en 1973. Cela ne change rien à l'évolution de sa carrière qui fait un sérieux surplace.

« Ne sachant pas écrire, racontera-t-elle en 1982 au journal *Platine*, j'étais prisonnière du répertoire qu'on me proposait, et dont je ne voulais plus. Je piétinais, tout en me sentant devenir autre. Peut-être eût-il été logique d'arrêter. Mais je savais que j'étais faite pour chanter. J'étais née pour cela. »

Sa relation amoureuse n'avance pas beaucoup non plus. Son « fiancé » est aussi empressé qu'au premier jour, mais plus enclin à la fête en permanence, entouré d'une bande de joyeux drilles, qu'à la construction de l'avenir. Cela ne débouche sur rien de sérieux et France se lasse. La petite amie de son frère Philippe, Béatrice Rappeneau, une jeune femme blonde extrêmement charmante et dynamique, qui est devenue sa confidente la plus fiable, lui dit un soir de mai 1969 :

— Viens, on sort. On va assister au spectacle *Hair* au théâtre de la Porte-Saint-Martin. Il paraît que c'est génial !

— Tu crois ? Moi, tu sais, les comédies musicales…

— Si, je t'assure. Et il paraît qu'ils sont tous nus sur scène à un moment ! Viens, je suis sûre qu'on ne va pas le regretter !

Béatrice ne croit pas si bien dire… et mille fois, après ce soir-là, France fit de la phrase suivante son slogan récurrent :

— Je voulais changer d'air, c'est *Hair* qui m'a changée !

Julien

En se rendant avec Béa au spectacle *Hair*, France ne se doute pas que cinq années de sa vie vont en dépendre. Ce n'est pas tant la comédie musicale qui la bouleverse, même si elle trouve justifiés son immense succès et à sa réputation, ni le fait que tous les acteurs soient effectivement entièrement dénudés durant quelques secondes, dans une pénombre savamment étudiée pour protéger leur pudeur, mais sa vedette l'impressionne dès son apparition sur scène… un certain Julien Clerc.

Il est encore un tout jeune artiste, révélé un an auparavant pendant mai 1968, par sa première chanson *La Californie*. Il vient à peine de faire la première partie de Gilbert Bécaud à l'Olympia, mais il a déjà un magnétisme qui hypnotise. C'est la première fois qu'elle voit un chanteur aussi inventif, original, et surtout terriblement moderne. Chanteur en accord avec la jeunesse, c'est exactement le statut dont elle rêve et qu'elle tente d'expliquer à son entourage depuis ses propres débuts. Et voilà ce garçon en parfaite adéquation avec son époque, qui prouve qu'elle avait raison d'y croire. Et puis, il est beau. Très beau, même. Sensuel et envoûtant.

Elle est tellement fascinée qu'elle revient l'applaudir tous les soirs, comme elle l'avait fait quelques années auparavant avec Claude François à l'Olympia. Elle est là, dans les premiers rangs. Pendant tout le spectacle, elle ne semble avoir d'yeux que pour lui, et, ensuite, dans sa loge, elle le noie sous des compliments multiples et variés. Julien n'est pas insensible à ses « approches » charmeuses bien que quelque peu envahissantes…

Séparé de sa compagne de toujours, le jeune héros de *Hair* se laisse ébouriffer par cette nouvelle tornade sentimentale.

L'enthousiasme débordant des deux tourtereaux est tel qu'ils se laissent rapidement aller à poser ensemble pour *Salut les copains*. Le titre de l'article est clair : « Duo pour une romance » ! L'ensemble de la presse veut s'emparer de cette idylle naissante et pourchasse le nouveau couple dont tout le monde parle aux quatre coins de la Méditerranée, là où les amoureux s'échappent dès qu'ils le peuvent !

France, follement éprise, présente très vite Julien à ses parents. Elle débarque sans prévenir avec lui avenue Victor-Hugo et annonce d'une voix forte son verdict : « Voilà ! C'est Julien. Il va habiter ici ! »

On imagine la tête de tout le monde ! Julien est affreusement gêné. Le silence qui suit cette déclaration péremptoire semble, lui, sans appel. Mais France sait y faire. Cinq minutes plus tard, le beau chanteur discute musique avec les frères, et, au bout d'une heure, Robert Gall le tutoie. Il est accepté par la tribu.

France paraît ravie de se pencher sur la jeune carrière de « son » Julien. Elle a maintenant plusieurs années d'expérience et, après avoir été dirigée tout ce temps, c'est à son tour de conseiller, d'aider, de protéger. Elle renverse les rôles et s'en réjouit. Elle se sent beaucoup plus « mûre » que lui, alors qu'en fait ils ont exactement le même âge, à trois jours près !

Comme le succès de Julien s'annonce aussi foudroyant qu'a été le sien, elle sait comment le rassurer, lui qu'effraient les tourbillons médiatiques et les énormes engouements populaires. Avec France, à la maison, il redevient comme par enchantement lui-même, c'est-à-dire un garçon charmant, joyeux, adorable.

C'est là qu'il reçoit ses deux auteurs fétiches, Étienne Roda-Gil et Maurice Vallet, dit Momo, deux jeunes gens de son âge, qui s'intègrent rapidement à la Roulotte, ainsi que ses arrangeurs, et son agent. La famille s'agrandit naturellement. Du coup, Philippe Gall, tout comme les cousins de France, Richard et Denis Lable, eux aussi musiciens, sont logiquement engagés dans l'orchestre de Julien.

France se satisfait parfaitement de ces arrangements. Elle ne travaille plus beaucoup pour sa propre carrière, mais elle s'investit énormément dans celle de Julien. Suivant le principe des vases communicants, elle a l'impression de profiter de l'extraordinaire enthousiasme qui règne autour de lui. Elle a déjà vécu cela mais peut, cette fois, le partager joyeusement avec « l'autre ».

Quelques années plus tard, chaque fois qu'elle tentera de se souvenir de sa propre vie professionnelle pendant les « années Julien », rien ne lui viendra à l'esprit. Elle ne parlera que du bonheur de s'occuper de lui, de ses amis, de leur vie avenue Victor-Hugo et de leurs séjours heureux dans la maison de campagne qu'il avait achetée non loin de Paris. Une métairie que Robert Gall avait découverte à cinq kilomètres de sa propre maison de Pourrain, dans l'Yonne, où il vivait, laissant l'appartement de Paris à ses enfants.

Julien avait eu le coup de foudre pour cette ferme. Il avait demandé à son « beau-père », comme il aimait l'appeler, de l'acheter pour lui sans révéler son identité afin d'éviter la cupidité des vendeurs. Il l'avait aussi chargé de prendre les travaux en mains : la propriété étant en piteux état, il y avait énormément à faire. Étang artificiel, gros œuvre, rénovation des différents bâtiments, aménagements, tout cela devait prendre des mois.

France et Julien ne peuvent donc pas l'habiter tout de suite, et se réfugient à Pourrain, chez les parents, qui rient de les voir si épanouis, tels des gamins farceurs. Robert Gall adore Julien. À ses yeux, il est désormais son troisième fils. Il aime le lui dire.

La vie est belle dans cette ferme, désormais appelée Métairie Bruyère. Notre chanteur à la mode y a acheté moutons, cochons, poneys, chevaux, basse-cour et se plaît à errer à travers champs, devisant au hasard avec les paysans du cru qui apprécient « ce p'tit gars ben naturel ».

France elle-même s'y sent enfin elle-même. Presque campagnarde, elle cuisine, jardine, se promène dans les prés. Le soir, elle joue au poker et aux tarots avec Julien et ses potes.

Mais un problème s'installe : à la sédentarité s'ajoute peu à peu pour elle la clandestinité. Respectant strictement l'avis de son entourage qui lui conseille de ne pas s'afficher aux côtés de sa compagne afin de ne pas brouiller son image de séducteur, Julien ne parle plus jamais de France, et, lorsqu'elle l'accompagne dans un lieu public, il lui demande d'arborer une perruque noire et de se faire discrète. Au lieu d'être une « absente officielle », elle préférerait être son épouse et qu'il lui fasse trois enfants. Toute sa vie, elle a désiré en avoir.

« À dix-huit ans, déjà, confiera-t-elle en mai 1987 à Sabine Cayrol, de *Paris Match*, la seule chose qui m'obsédait, c'était mon désir de fonder une famille. J'avais un besoin impérieux d'avoir des enfants. Je rêvais la nuit que je tenais un bébé dans mes bras. Je le sentais sur mon ventre. Je sentais sa peau, son odeur. Cette envie, c'était physique. »

En trois ans de vie commune avec Julien, elle en parle volontiers à plusieurs journalistes, sans toutefois l'évoquer, sans le nommer. Lui, il ne parle jamais de cela.

À la maison, Julien se montre pourtant tout à fait adorable et très protecteur. Il lui dit qu'elle l'inspire et qu'il a demandé à ses auteurs des titres où il ne ferait que secrètement s'adresser à elle. Elle préférerait qu'il le fasse vraiment et qu'il hurle son amour à la face du monde. Et puis, elle ne détesterait pas qu'il se penche à son tour un tout petit peu sur sa propre carrière musicale et lui donne des conseils. Il prétend malheureusement qu'il n'en a pas le temps et lâche, un soir, un mot terrible qu'elle n'oubliera pas. Tandis qu'elle apporte un plat à table où sont réunis plein d'amis, Julien balance la phrase qui tue : « Ah, voilà l'ancienne chanteuse ! » Le plat manque d'un rien de se retrouver par terre.

Maintenant que la métairie est parfaitement viable, qu'il n'y a plus de travaux à superviser, que le jardin est fleuri, le potager rentable et l'étang peuplé d'innombrables poissons, France commence à se sentir mal à l'aise. Elle ne chante plus, ne gagne plus d'argent, dépend complètement de cet homme qui, tout dédié à sa carrière, lui impose plus une image de séducteur que de père de famille. Où est donc son avenir dans tout cela ? Même ses parents, éperdus d'amour pour Julien, ne peuvent lui être du moindre secours. Ils ne comprendraient pas qu'elle se plaigne. Après tout, diraient-ils, elle ne manque pas d'occupations : l'appartement avenue Victor-Hugo, la métairie, la carrière et les tournées de Julien. Elle ne devrait pas avoir le temps de s'ennuyer.

Et pourtant, si, elle s'ennuie. Elle qui a été une vedette internationale, entourée, protégée, bichonnée, n'est plus qu'une chanteuse en instance d'oubli, dont plus personne ne s'occupe : « C'était pour moi une prison dorée », confiera-t-elle, en 1976, au journal *L'Union* de Reims.

Elle en éprouve de plus en plus de tristesse et redoute qu'une dépression nerveuse ne pointe le bout de son nez. Elle étouffe dans cette existence qui ne tourne qu'autour de Julien, dont les amis sont parfois blessants quand ils daignent s'adresser à elle : « Mais qu'est-ce que tu deviens ? Tu chantes encore ? »

Mais, bon sang, elle est encore vivante ! Ce n'est pas sa faute si on ne lui propose que des chansons de femme-enfant. Si personne ne voit qu'elle a grandi, mûri et qu'elle pourrait interpréter des textes intéressants. Elle finit par s'en ouvrir à son homme. C'est terrible ! Les gens l'ont rayée de leur vie. Plus personne ne l'appelle, ni ne lui propose quoi que ce soit. Elle a le sentiment de plus exister.

Elle pleure. Julien s'émeut. Il prend enfin la mesure de sa détresse et lui promet une chanson. Il lui présente très vite *Chasse-neige*, qu'elle enregistre, mais qui, hélas, ne rencontre pas le succès.

Le temps passe et France se désespère de plus en plus. Elle ne supporte absolument plus sa vie de femme au foyer, mais ne sait comment remonter le courant et revenir en scène. Jusqu'à présent, tout lui a été apporté comme un cadeau, sans qu'elle le demande. Elle a donc cru que tout demeurerait facile, même en se débrouillant seule.

Elle se rend compte qu'elle a fait une erreur. En côtoyant l'immense et forte équipe de Julien, qui le soutient et imagine pour lui les meilleures stratégies possibles, elle réalise que seule, elle demeurera impuissante.

Il lui faut quelqu'un, une personne qui prendrait ses affaires en main. Julien peut-il être cette personne ? Non. Tout bêtement parce qu'il ne le souhaite pas, estimant, peut-être à juste titre, qu'il lui ferait plus de tort que de bien. Il lui présente, par contre, un jeune agent artistique, très chic et très bon genre, qu'il aime beaucoup, Bertrand de Labbey. Celui-ci tombe sous le charme de France qu'il trouve incroyablement modeste et réservée : « Malgré son passé de grande vedette, elle était toute timide, sans prétention ni faux-semblant ! », raconte aujourd'hui celui qui est devenu le grand patron d'une agence artistique phare, Artmédia.

Il lui organise des rendez-vous, notamment avec des auteurs susceptibles d'écrire pour elle, comme Jean-Michel Riva et Étienne Roda-Gil (déjà auteur pour Julien), qui acceptent aussitôt. Il a aussi l'idée d'organiser un déjeuner de retrouvailles à La Closerie des Lilas avec Serge Gainsbourg, qui vient accompagné de Jane Birkin.

Séduit à nouveau par la « petite », l'homme à la tête de chou lui écrit *Frankenstein*. Bertrand de Labbey est sincèrement impressionné par la volonté de sa nouvelle protégée, par son sérieux : « Elle est précise et elle sait ce qu'elle ne veut pas. Quand elle a accepté un titre, elle le mène jusqu'au bout, en donnant tout d'elle-même. »

Frankenstein connaît une belle programmation radiophonique, mais sans retombée commerciale. La carrière de France ne parvient plus à se relever. Doit-elle définitivement tout arrêter ? Elle se le demande. En est presque persuadée. Elle pense que sa chance est passée. Que son image est figée dans le passé, que son hier pèse trop lourd pour laisser place à un demain.

Le prince de la chanson

Au volant de sa petite Austin, dans les rues de Paris, au printemps 1973, France ressasse une fois de plus sa vie actuelle. Elle se sent si lasse que son moral ne la fait même plus souffrir. Comme lorsqu'un trop-plein de larmes évacuées finit par anesthésier la douleur. Soudain, une envie de musique. Elle allume son autoradio et tombe sur une chanson qui l'accroche immédiatement. La voix l'envoûte, les mots et la musique balancent en harmonie. C'est le coup de foudre. Au point qu'elle se gare n'importe comment, en double file, pour ne pas perdre une miette de cette petite merveille.

Attends-moi,
Laisse le silence pénétrer en toi[1]...

Une fois la chanson terminée, elle attend fiévreusement la désannonce de l'animateur : « Vous venez d'entendre *Attends-moi* de Michel Berger. »

France est sur un tapis magique. Elle s'envole sur son émotion. « Voilà ! C'est exactement ça qu'il me faut, doit-elle alors se dire. C'est ce style-là que

1. *Attends-moi*, paroles et musique de Michel Berger.

je cherche depuis toujours. Il faut que ce Michel Berger m'écrive des chansons. C'est lui ou plus rien d'autre. S'il me refuse, j'arrête tout ! »

Elle redémarre et va se procurer immédiatement l'album du jeune homme. Chez elle, elle l'écoute de nombreuses fois de bout en bout et ne désenchante pas d'un iota !

Elle se souvient d'ailleurs qu'elle l'a déjà plusieurs fois rencontré, ce Berger, notamment sept ans auparavant, le 12 avril 1966, pendant la séance photo du célèbre poster de *Salut les copains*, organisée par Jean-Marie Périer. Celui-ci avait alors réuni tous les chanteurs en vogue de l'époque, mais Michel et France n'avaient pas eu l'occasion de se parler.

« La seconde fois, racontera-t-elle en 2004 dans le journal *Carrefour Savoirs*, c'était lors d'une convention de la maison de disques WEA, peut-être en 1970. On était venu me chercher en voiture et, au fond, il y avait quelqu'un de roulé en boule, l'air malheureux. C'était lui. Michel Berger. Mais on ne s'était toujours pas parlé ! La troisième fois, c'était lors d'un dîner, où j'étais assise à côté de lui. Là, j'ai trouvé qu'il possédait un art véritable de la conversation ! »

Aujourd'hui, une évidence éclaire soudain ses desseins : elle saisira la première occasion pour renouer le dialogue. Quelques jours plus tard, justement, lors de l'enregistrement d'une émission de radio à laquelle elle est invitée, dans les studios d'Europe 1, elle rencontre Michel par hasard et l'aborde sans hésiter. Il n'a pas l'air de se souvenir de l'avoir déjà croisée, mais elle va droit au but : « J'aimerais que vous m'écriviez une chanson. » Aimablement, mais fermement, avec un sourire un peu gêné, il décline la demande.

France accuse le coup sans sourciller, mais ne renonce pas. Elle s'adresse à son agent, Bertrand de Labbey, et l'implore de repartir à la charge. Ce dernier lui explique que Michel, qu'il connaît bien, n'a pas pour habitude d'écrire des titres isolés pour des interprètes de circonstance.

— Quand il travaille pour d'autres que lui, précise-t-il, c'est pour un album entier.

— Mais c'est ce que je veux ! s'enflamme France. Bertrand, il faut essayer de le convaincre. Je veux le rencontrer officiellement. Je vous en prie, contactez-le.

C'est ce qu'il fait. Michel l'écoute faire l'apologie de France avec beaucoup d'attention. Mais, à la fin de la plaidoirie, il garde un silence poli. Bertrand ne lâche pas prise :

— Alors, que pensez-vous faire pour elle ? Un album entier vous paraît-il possible ?

Michel relève la tête, l'air un peu étonné.

— Un album ? C'est ça que vous me demandez ?

— C'est exactement ce que je vous demande. Et cette fille, vous le savez bien, le mérite amplement !

Michel ne répond plus. Il arbore simplement un sourire d'ange qui ressemble à s'y méprendre à une fin de non-recevoir.

Le rendez-vous n'a rien donné. France est triste mais pas désespérée. Elle n'a pas l'intention de lâcher prise. Elle considère que l'occasion est unique. Elle va se battre. Elle rappelle donc elle-même Michel et lui propose de venir le voir pour lui parler des musiques qu'elle aime, des chansons qui lui plaisent et les lui faire écouter.

Cette fille, c'est évident, ne le laisse pas indifférent. Alors, pendant quelques mois, les deux jeunes gens, qui sont nés la même année, vont passer pas mal de temps ensemble, apprenant à se connaître et s'apprivoisant mutuellement. L'un comme l'autre ne sont pas libres, mais un certain attachement commence à les lier. « Elle avait de l'âme dans le moindre de ses propos, dans le plus rieur de ses battements de paupières », confiera plus tard Michel Berger, en repensant à cette époque.

Cette intimité, cette complicité qui s'installe entre eux, en tout bien tout honneur, n'empêche pas France de s'agacer. Le jeune producteur à succès de Véronique Sanson, par ailleurs compositeur du remarquable *Message personnel* de Françoise Hardy, ne lui propose aucun projet musical concret, même s'il ne cache pas son admiration pour la voix de la jeune femme dès qu'elle entonne un air devant lui. Elle demande donc au très diplomate Bertrand de Labbey de retourner voir Michel. Il accepte et décide, cette fois, d'aborder Michel de façon ferme :

— Je crois que cela fait un certain temps que vous parlez musique avec France. Ne serait-il pas temps de vous décider à lui proposer quelque chose ?

— Justement, elle ne le sait pas mais j'ai une idée. Je dois enregistrer prochainement une de mes chansons et je voudrais qu'elle pose sa voix sur une partie féminine. Je vous donne tout de suite le rendez-vous pour elle. On verra, après cette séance studio, si le résultat convient à tout le monde !

Le titre s'appelle *Mon fils rira du rock'n roll*. Quand la jeune chanteuse arrive au studio, elle n'en a pas encore entendu une note. Michel lui fait écouter la bande musicale déjà enregistrée, lui donne le texte, et, aussitôt, elle se lance sans hésiter. En une heure, le tout est en boîte. Berger paraît très impressionné. Pourtant, il ne se précipite pas sur sa plume ni sur son piano pour lui écrire des chansons ! Il est vrai qu'il a son propre album à réaliser, *Chansons pour une fan,* qui sortira début 1974.

France patiente comme elle peut. Le temps passe. Les deux jeunes gens se voient de plus en plus souvent et, le soir venu, ils ont du mal à se quitter. Michel, qui n'a jamais été un fou des discothèques, propose d'aller danser chez Castel, à Saint-Germain-des-Prés, ou chez la chanteuse-comédienne Dani, qui anime une boîte dans le XVIe.

Enfin, en mars 1974, Michel demande à France d'écouter un texte qu'il avouera avoir écrit et composé pour elle. Il paraît intimidé, gêné, et baisse les yeux. « C'est toi qui me l'as inspiré... », semble-t-il murmurer avant de se mettre à son piano et d'égrener tendrement les mots suivants :

Quand je suis seul et que je peux rêver,
Je rêve que je suis dans tes bras,
Je rêve que je te fais tout bas,
Une déclaration, ma déclaration[1]...

Il s'agit évidemment là de sa première déclaration d'amour. De quoi placer France à l'heure d'un choix complexe : elle vit avec Julien alors que Michel vient de lui déclarer sa flamme.

Le « petit caporal » qu'elle a toujours été ne tergiverse pas longtemps. Elle décide sur l'heure de mettre de l'ordre dans sa vie et d'annoncer à Julien qu'elle le quitte.

Le soir même, elle lui parle. Julien est atterré, sidéré. Il n'a pas vu le coup venir et tente de la convaincre de rester, en évoquant enfin le fait de

---

1. *La Déclaration d'amour,* paroles et musique de Michel Berger, Éditions Sidonie/Apache France.

fonder une famille comme elle le désire tant. Contrairement à ce qu'il espère, cela la blesse affreusement. Du coup, elle part sur-le-champ et refusera pendant des années de lui parler et même de le rencontrer, que ce soit sur un plateau de télévision ou dans un gala d'artistes. Elle demandera à cet effet à Grégoire de prévenir tous les producteurs d'organiser sa propre venue avant ou après celle de Julien.

Dans les mois qui suivent leur séparation, Julien écrit et chante le magnifique *Souffrir par toi n'est pas souffrir*, qui deviendra une chanson culte mais qu'elle ne commentera jamais. Les hommes quittés écrivent souvent de superbes chansons…

Michel, quant à lui, concocte un petit joyau en pensant à elle avant même qu'elle ne soit entrée dans son existence. Cette *Déclaration*, elle en est folle et veut absolument la chanter. Elle convainc donc l'auteur à grands renforts d'arguments imparables :

— Je vais la produire moi-même. J'y mettrai peut-être mes derniers sous, mais je ne veux pas rater ce titre. Si celui-ci ne marche pas, il faudra peut-être alors que je songe à faire un autre métier !

Michel cède et la chanson est rapidement enregistrée.

« Premier disque, première chanson », écrira France dans son intégrale de 2004. « Le jour du studio, j'étais un peu tendue. Après une ou deux prises, Michel semblait content. Dans la foulée, il me demande d'écrire un texte parlé sur l'*ad lib* de la fin, comme si j'avais fait ça toute ma vie, écrire[1] ! »

1. Livret de la compilation *Évidemment*, Warner Music, 2004.

La Déclaration devient dès sa sortie, en mai 1974, un énorme succès et se vend à plusieurs centaines de milliers d'exemplaires. France est enfin revenue au top. Les deux amoureux, dont personne encore ne soupçonne la romance et qui ne vivent pas encore ensemble, se lancent alors dans d'autres projets musicaux, dont une comédie musicale que Michel a imaginée depuis quelque temps et dans laquelle France tiendrait le rôle principal. Il s'agit d'*Angelina Dumas*, une histoire inspirée de Patty Hearst, la fille du magnat de la presse américaine, enlevée, et tombée amoureuse de ses geôliers au point d'épouser leur cause.

Avec Michel, elle participe au casting idéal et lui propose d'engager entre autres la délicieuse Mireille, la grande prêtresse du Petit Conservatoire de la Chanson. Les titres sont écrits, le livret aussi, il ne reste qu'à enregistrer. Cela se fera à Los Angeles pendant l'été. France est ravie : elle sera ainsi en permanence au côté de son amoureux sans avoir à se justifier. « On avait tout le temps envie d'être ensemble et ce projet nous servait de prétexte idéal ! »

Elle gardera d'ailleurs toujours de cet été californien un souvenir ébloui : « C'est là que tout a vraiment pris forme entre Michel et moi. »

Dès leur retour d'Amérique, ils s'installent ensemble dans une isba située dans le XVIe arrondissement. France se charge de la décoration, Michel du grand piano blanc. C'est le bonheur, même si, finalement, la décision est prise de ne pas poursuivre le projet de la comédie musicale : « D'un commun accord, nous avons trouvé que ce n'était pas parfait, que l'action n'était pas au point, que les textes n'étaient pas assez durs pour un drame. Michel avait écrit le tout de façon beaucoup trop romantique[1] ! »

Deux chansons survivront quand même, qui seront réenregistrées à Londres en octobre de cette année 1974, dont *Mais, aime-la*, qui sera le deuxième single de France signé Berger.

« Michel a profité d'une semaine de studio où il enregistrait son propre album pour produire cette chanson qui me plaît car elle balance rythmiquement et fera patienter mes fans jusqu'à l'opus qu'il a promis de m'écrire[2]. »

Aime-la,
Et garde-la tout auprès de toi,
Aime-la,
Et garde-la au creux de tes bras[3]*...*

En face B figure *À votre avis*, un titre qui passe inaperçu mais que France apprécie particulièrement :

Je téléphone à une amie,
Pour qu'elle se penche sur ma vie,
Est-ce que je l'aime à son avis[4] *?...*

Elle en parlera parfois avec plaisir : « Toutes ces questions qu'on se pose dans ces moments-là. Et ça, c'était vraiment moi ! Ah, ils n'ont l'air de rien, ces petits singles, mais ils disent tout ! Michel était quelqu'un que je connaissais encore peu mais qui se mettait à raconter ma vie ! C'est aussi la

---

1. Entretien avec Grégoire Colard.
2. Livret de la compilation *Évidemment*, Warner Music, 2004.
3. *Mais, aime-la*, paroles et musique de Michel Berger, Éditions Apache France.
4. *À votre avis*, paroles et musique de Michel Berger, Éditions Apache France.

première fois où je pouvais mesurer comment il me voyait. »

En tous les cas, avec *Mais, aime-la*, le succès est à nouveau au rendez-vous.

Débordée par sa nouvelle vie, qu'elle apprécie à la folie, France organise celle de son couple, concocte de bons petits plats pour son « homme », fait des confitures, passe du temps à chiner et à acquérir d'improbables objets Art déco qui amusent Michel et s'entassent dans la maison. Dans le grand salon où se lovent des canapés profonds, des toiles de Dufy, Matisse, Soulages, Picasso encadrent une énorme cheminée. Au milieu de la pièce trône le magnifique piano blanc de Michel, qui le considère comme un trésor : « France, je t'en supplie, ne pose aucun objet dessus. Un piano n'est pas un meuble ! »

Dans la chambre aux multiples fenêtres étroites, les amoureux dorment sur un matelas posé à même le sol et France s'amuse à déstabiliser par cette vie de « roulotte sympathique et chaleureuse » celui qui a toujours passé enfance et jeunesse dans des cocons protocolaires. Leur quotidien n'est alors fait que de rires, mots tendres, câlins et, bien sûr, beaucoup de travail !

« Michel était incroyable, racontera France des années plus tard. Il pensait musique, vivait musique, rêvait musique. Le matin, quand il se levait, son premier geste était d'aller à son piano comme s'il avait composé en dormant ! Lorsqu'on déjeunait, au rez-de-chaussée, il pouvait tout à coup quitter précipitamment la table pour aller plaquer quelques nouveaux accords. J'en ai vite pris l'habitude. Cela a toujours été comme ça (rire)[1] ! »

---

1. *Platine*, 2001.

Chez eux, pourtant, on n'entend jamais d'autre musique que celle de Michel : « Il ne veut rien entendre, pour ne pas être influencé ! », raconte-t-elle. Elle s'étonne aussi avec amusement de la phénoménale distraction de son compagnon qu'elle surnomme « professeur Tournesol ». En fait, tout va pour le mieux entre eux, jamais un mot plus haut que l'autre. Michel est d'un naturel calme. En cas de mécontentement, il boude, c'est tout. Une attitude qui, parfois, inquiète France : « Il m'a dit qu'il refusait de me parler pendant deux heures ! C'est affreux ! », confie-t-elle par téléphone à des amies.

Michel aime s'isoler pour composer et commence à écrire pour France son premier album. Homme secret et pudique, il n'aime pas dévoiler ses batteries. Ce n'est qu'en studio que France découvre les chansons.

« Je lui disais : "Qu'est-ce que tu vas écrire ?" Il me répondait : "Je sais très bien ce que je vais faire !" »

L'album est enfin prêt en décembre, avec des titres comme *Comment lui dire*, *Ce soir, je ne dors pas*, avec un solo de guitare de Claude Engel qui restera culte, *Samba Mambo*, et un fameux morceau de six minutes, *La Chanson d'une terrienne*, complètement hors norme pour les radios, qui refusaient alors de diffuser une chanson dépassant les cent quatre-vingts secondes !

Partout je suis chez moi,
Du pays des tropiques aux déserts des grands [froids,
Tout au bout de l'Afrique ou à Milford, Nebraska,
Partout je suis chez moi[1]...

---

1. *La Chanson d'une terrienne*, paroles et musique de Michel Berger, Éditions Apache France.

Un autre titre, *Je l'aimais*, illustre leur intimité : « Il a attendu que je sois sûre de mes sentiments, il m'a fait répéter quatre-vingt-six fois cet aveu[1] ! »

Dès sa sortie, le 6 janvier 1976, les trois radios principales de l'époque, Europe 1, RTL et France Inter diffusent *Comment lui dire* en programmation forcenée.

Comment lui dire, comment lui dire,
Comment lui faire comprendre d'un sourire[2]...

Les télévisions sont plus difficiles à décrocher : « Oui, oui, on veut bien l'inviter mais il faudrait qu'elle chante *Sacré Charlemagne.* »

France, Michel et leur fidèle Grégoire sont d'accord : pas question de céder à ce genre d'exigences. Ce sera le nouvel album ou rien. Il est loin le temps où France acceptait bon gré mal gré de se produire en nuisette dans des shows télé, aux côtés de celui qui était un ami pour elle, Jean-Claude Brialy.

« Mieux vaut ne rien faire que rechanter des titres d'il y a dix ans. » Michel le gentil se montre inébranlable : « Ils finiront par céder. »

Il a raison. Le succès radio est énorme et les ventes de l'album impressionnantes. Elles atteindront le chiffre de 180 000, ce qui est remarquable pour quelqu'un qui ne vendait plus rien il y a si peu de temps encore. Un disque d'or est très vite décerné à France. Il lui est remis à New York par

1. *L'Express*, 2004.
2. *Comment lui dire ?*, paroles et musique de Michel Berger, Éditions Apache France.

Sam Goody, le grand patron d'Atlantic. Et les photos qui en témoignent pullulent dans la presse française.

Du coup, les Carpentier, Guy Lux, Michel Drucker, Jacques Martin et les autres l'invitent à chanter ce qu'elle veut, et dans les meilleures conditions. Elle fait ainsi son retour télévisuel en fanfare et en vedette d'honneur. Enfin, on ne lui demande plus d'interpréter ses vieux titres !

La jeune artiste est comblée. Même si elle sait, expérience oblige, que le succès peut être éphémère, sa joie fait plaisir à voir.

Les Carpentier lui proposent alors, ainsi qu'à Michel, d'imaginer une comédie musicale pour un de leurs « Numéro 1 » du samedi soir sur la première chaîne. Michel ne se fait pas prier et compose aussitôt *Émilie ou la petite sirène*, d'après le célèbre conte de Hans Andersen, qu'il adapte avec son ami animateur et producteur de radio, Franck Lipsik. Il s'agit d'un show d'une heure et demie, qui sera diffusé le 22 mai 1976, où apparaissent, autour de France, l'héroïne, Eddy Mitchell, Françoise Hardy, Nicole Croisille, Rod Stewart, Marie-France Pisier, Patrick Bouchitey, Étienne et Philippe Chatiliez.

L'émission connaît un gros impact, avec 79 % de téléspectateurs, même si le couple Berger-Gall regrette que tant d'énergie ait été dépensée pour juste quatre-vingt-dix minutes de musique. Car il n'est pas prévu de disque, excepté le single du duo, *Ça balance pas mal à Paris*, qui se vendra tout de même à plus d'un million d'exemplaires et officialisera leur liaison aux yeux du public.

Ça balance pas mal à Paris,
Ça balance pas mal,

Ça balance pas mal à Paris,
Ça balance aussi[1]*...*

Cette image de félicité affichée aux yeux du monde incite Michel à demander la main de France qui l'épousera un mois plus tard, le 22 juin. Elle apparaît en costume pantalon blanc au bras de Michel arborant veste et énorme nœud papillon noirs. La cérémonie, familiale et privée, se déroule loin des photographes, en toute simplicité, à la mairie du XVIe arrondissement. Les parents Gall et Hambürger apprennent à se connaître, car ils n'ont pas eu le temps de se voir beaucoup jusque-là... Ils sont tellement différents que leur entente paraît improbable ! Les Gall, arborant essentiellement leur fibre artistique, sont un peu bohêmes, expansifs, alors que les parents de Michel, d'un tempérament extrêmement bourgeois, s'avèrent très réservés, issus d'un monde dans lequel on n'affiche pas ses sentiments. Deux styles bien opposés ! Pourtant il existe des points communs entre eux, notamment grâce à la musique, car la maman du jeune marié a été connue en tant que grande pianiste concertiste sous le nom d'Annette Haas, et a créé un conservatoire classique qu'elle dirige d'une main experte. Avec les années et l'arrivée des enfants, les uns et les autres finiront très soudés.

Pour le moment, à la mairie, papa Gall se montre un brin nostalgique car il ne semble pas tout à fait remis de la rupture de sa fille avec Julien. Son sourire réapparaît heureusement lors du déjeuner nuptial donné chez Maxim's où sa fille affiche un bonheur éclatant. L'amour qu'elle partage avec son mari tout neuf est si émouvant.

---

1. *Ça balance pas mal à Paris*, paroles et musique de Michel Berger, Éditions Apache France.

Cette journée s'est évidemment déroulée dans une intimité absolue. Pas question pour le jeune couple d'exploiter sa vie privée. Une décision prise en commun et qui sera respectée jusqu'au lancement, en 1992, de leur album commun, *Double Jeu*.

« On ne parle pas de ses sentiments », répète invariablement Michel, tandis que France affirme : « J'aime exister, mais je n'aime pas être vue, ce qui n'a rien d'évident dans un métier où l'on s'expose[1]. »

Bref, aucune photo d'eux ensemble ne sera jamais publiée, encore moins avec leurs enfants et, lorsqu'il faut affronter les photographes à l'occasion, par exemple, d'une soirée, on demande à l'attaché de presse de se mettre au milieu des deux. Ceci provoque, bien sûr, des hurlements de protestation de tous ceux qui voient ainsi leurs scoops s'évaporer !

Lorsque France, en 1978, met au monde sa fille Pauline, *Paris Match* souhaite évidemment faire sa une sur l'événement et appelle avec insistance pour obtenir l'exclusivité d'une photo de l'enfant dans les bras de sa mère.

La réponse est bien entendu négative : « Pas question ! », fait répondre la jeune maman. Le journal croit pourtant la convaincre en lui suggérant l'idée du siècle : « Dites à France que si elle ne veut pas que ce soit avec Pauline, on peut lui louer un autre enfant ! » Quand cette proposition arrive à ses oreilles, France en est littéralement indignée. Des méthodes qui n'existent plus aujourd'hui.

L'été 1976 qui suit son mariage, elle tient à ne pas déranger ses habitudes et à prendre quelques vacances. Avec Michel, ils décident de partir en Californie, après un court séjour à New York. Ils

1. *Paris Match*, 2001.

emmènent leur attaché de presse dans leurs bagages et tous trois s'émerveillent devant les buildings de la Grosse Pomme, se prenant en photo, riant aux éclats dans d'immenses limousines de location, ou encore redevenant de vrais gamins dans les parcs touristiques de Los Angeles. Ils ne se lassent pas de faire du shopping (Michel se force un peu car les boutiques ne sont pas son fort, mais France n'est jamais rassasiée), ni de parcourir les rues mythiques. De temps en temps, Michel l'étourdi s'égare dans le labyrinthe quadrillé de la ville mais France retrouve son « professeur Tournesol » assis sur un banc, attendant patiemment de la voir apparaître, affolée et moqueuse.

C'est à San Francisco que se produit le plus grand choc émotionnel, non seulement devant la topographie chaotique de la ville avec ses avenues en pente et ses trams pittoresques, mais aussi et surtout dans ses immenses discothèques.

Michel, timide chronique, n'a jamais tellement fréquenté ce genre d'endroits, mais, là, entraîné par une France déchaînée et un Grégoire survolté, il est ébahi en visitant toutes les grandes boîtes gays de la cité où des milliers de garçons se déhanchent à tout va sur des musiques disco. Il trouve le son ahurissant, les lumières et les lasers époustouflants. Toutefois, bien que France s'échine à vouloir l'amener danser sur les pistes, il reste cloué sur son fauteuil, les yeux écarquillés.

Dans l'avion du retour, il confie son bouleversement : « Tout cela m'inspire vraiment. Il y a là un dynamisme, une fête de la musique et de la danse, qu'on ne connaît ni en France, ni en Europe. J'ai hâte d'être rentré pour écrire[1]. »

---

1. Entretien avec Grégoire Colard.

C'est ce qu'il fait aussitôt arrivé, fixant ainsi le thème et le titre du nouvel album de France qui sort dix mois plus tard, en avril 1977 : *Dancing Disco*. La pochette représente une soucoupe de bar avec des billets et de la monnaie. Les morceaux reflètent parfaitement l'inspiration que Michel a puisée aux États-Unis, comme la chanson qui a donné son titre à l'album, bien sûr, mais aussi *Ce garçon qui danse* et le célèbre *Musique*, où la chanteuse, à la demande de Michel, improvise vocalement sur les claviers de fin : « Douce, douce musique... »

Avec ce disque, France se voit tout à coup propulsée en star, au statut de pionnière de la *dance music*, un genre encore méconnu des Français, aucun professionnel du show-business n'ayant encore compris que les jeunes qui s'éclatent en discothèque avaient envie d'écouter le jour ce qui les branche la nuit. Le succès est immense, avec remise de disques d'or, en France comme à l'étranger. Au point que la branche américaine de sa maison de disques, Atlantic, lui demande d'enregistrer *Musique* en anglais, et lui propose de lancer sa carrière à grand fracas sur le marché américain.

D'abord flattée, France se ravise rapidement : « Après avoir enregistré *Musique* en anglais au Studio Gang, à Paris, où nous avions depuis longtemps nos habitudes, racontera-t-elle, en 2004, au journal *Platine,* j'ai dit à Michel : "C'est épouvantable ! Je ne peux pas chanter dans cette langue, cela me donne envie de vomir !" La façon que j'avais de chanter *Music* en anglais me donnait mal au ventre. J'ai fait le titre, mais j'ai refusé l'idée de faire tout un album ! Et puis Michel était d'accord avec moi sur un point : pas question de vivre d'un continent à l'autre. On a dit non. Ce n'était pas la vie qu'on voulait. »

Effectivement, alors qu'elle devient la chanteuse la plus populaire de notre pays, France reste et demeure avant tout une épouse attentive qui tient d'abord au bien-être de son couple et à la tranquillité de son cher époux qui en a bien besoin au moment où il s'attelle à l'écriture d'un opéra-rock qui s'appellera... *Starmania*.

Ces préoccupations familiales, on les retrouve d'ailleurs dans *Dancing Disco*, grâce à une chanson cultissime, *Si maman si*, que l'artiste interprétera tout au long de sa carrière scénique et que le public connaîtra par cœur. Un titre écrit par Michel à l'intention de sa maman et chanté par sa femme, dans lequel il évoque la mémoire de ses copains disparus :

Si maman si, si maman si,
Maman, si tu voyais ma vie,
Je pleure comme je ris[1]...

Mais revenons à *Starmania*. France, qui aime écouter les albums de la chanteuse québecoise Diane Dufresne et apprécie l'écriture de son auteur fétiche, Luc Plamondon, convainc Michel d'appeler ce dernier afin d'écrire avec lui le livret de l'opéra rock. Les deux hommes se rencontrent, s'apprécient, se mettent d'accord et prennent date pour finaliser leur projet. France s'occupe de tout. Elle loue pour trois mois, au printemps 1977, une maison au Cap-d'Antibes où elle fait venir un piano. Là, elle élabore des recettes savoureuses,

1. *Si maman si*, paroles et musique de Michel Berger, Éditions Apache France.

s'occupe de la maison et assure une ambiance confortable et chaleureuse sans oublier de donner son avis sur les avancées de l'écriture. Les choses progressent lentement car Luc aime prendre son temps et profiter du soleil. France et Michel doivent quasiment l'enfermer dans sa chambre afin qu'il écrive au moins un couplet par jour. Pour donner un coup d'accélérateur, la décision est prise par les deux hommes d'aller à l'automne suivant chercher l'inspiration sur les terres du Québécois, à Montréal. Fin octobre, à Paris, le temps est glacial, ce qui laisse penser à France que là-bas, il doit faire moins quarante. Elle achète donc pour Michel, qu'elle ne peut accompagner, un bonnet à la Davy Crockett, avec les oreilles qui se rabattent sur les tempes. Puis elle emprunte un manteau de fourrure à un ami et oblige son chéri à mettre de grosses chaussures fourrées. Il part ainsi affublé prendre son avion et atterrit dans un pays en pleine canicule d'été indien. Au téléphone, il joue les furieux : « Je suis ridicule ! Tout le monde est en T-shirt et moi habillé pour le pôle Nord ! Je te remercie ! » Quelle rigolade ! Dans la jolie demeure en bois de Luc, l'écriture commune est un vrai plaisir et l'œuvre s'avère vite mieux qu'aboutie.

Au retour à Paris, reste à s'occuper du casting. France y réfléchit avec Michel et Luc. C'est elle qui suggère le nom de Daniel Balavoine, qu'elle a découvert à la télévision en train de chanter sa composition, *Lady Marlène*, en blouson de cuir. Coup de foudre immédiat. Il serait parfait, selon elle, dans le rôle de Roméo, ou plutôt Johnny Rockfort.

Les auteurs, de toute façon, ont choisi de ne recruter pour leur distribution que des artistes inconnus ou méconnus en France. Aux côtés de Daniel, ils engagent Nanette Workman, Eric Estève, Claude Dubois et Fabienne Thibeault. Pour les rôles de Christal (Juliette) et de Stella Spotlight, la star glamour vieillissante du genre Gloria Swanson dans *Sunset Boulevard,* ils « rament » et organisent en vain de multiples auditions. Poussés par les futurs producteurs du spectacle, qui tiennent, eux, à avoir quelques grands noms à l'affiche, ils finissent par demander à Diane Dufresne et à France de participer à l'aventure.

« Au démarrage, raconte alors France à *France Soir,* c'est pourtant exactement ce qu'ils avaient décrété qu'ils ne feraient pas ! » Cela l'avait contrariée, mais elle l'avait soigneusement caché, estimant que le temps jouerait pour elle. La voilà ravie et plus que tentée d'accepter, bien qu'elle se demande si elle va en trouver le temps.

Pour mieux y réfléchir, elle se retire quelques jours dans la maison qu'elle a acquise à Honfleur avec Michel, agrandie et restructurée par son beau-frère, Bernard Hambürger. Elle apprécie particulièrement cette demeure quasiment transparente, ouverte aux horizons marins, qui se confond avec les arbres noueux centenaires.

Elle aime beaucoup cette retraite de bord de mer, le lieu parfait pour la méditation et la mise au point de son organisation de vie. L'année qui vient, 1978, s'annonce en effet terriblement chargée. Un nouveau single 45 tours est prévu, ainsi qu'un spectacle de plusieurs soirs au théâtre des Champs-Élysées.

Finalement, l'enregistrement de l'album de *Starmania* débute parallèlement à celui de son propre disque. *Viens je t'emmène* sort en mars.

J'ai tellement fermé les yeux,
J'ai tellement rêvé,
Que j'y suis arrivée[1]*...*

La mélodie lancinante enfièvre illico la France entière et le titre se retrouve numéro un des ventes dès la première semaine. Il atteindra au final plus d'un million d'exemplaires, chiffre énorme qui achève d'imposer la jeune femme comme une artiste incontournable et totalement « bankable », un mot nouveau venu des États-Unis pour qualifier les stars sur lesquelles les producteurs peuvent investir sans risque.

Afin de préparer son prochain show, la jeune femme suit des cours de danse assidus avec Véronique et Davina, qu'elle adore. Elle a connu la première du temps où elle était la collaboratrice de Mireille Darc, avec qui elle avait enregistré le duo *Nous ne sommes pas des anges*.

Pour ce spectacle, France a l'idée très originale d'être entourée sur scène par un groupe féminin : des danseuses, une batteuse, une clavier, une saxophoniste, une bassiste, un quatuor à cordes, une guitariste, des choristes, soit dix-huit filles ! Génial, mais trouver des femmes musiciennes hors pair, tant en France qu'à l'étranger, lui prend un temps fou.

Autre idée, tout aussi originale, mais qui lui sera très contestée, celle d'engager deux travestis brésiliens, Les Étoiles, pour un numéro très spécial en milieu de spectacle, suivi de sa chanson adaptée du Brésil, *Plus haut que moi*.

Toi qui fais des bonds plus haut que moi,
Toi qui sais chanter, chanter plus haut que moi,

---

1. *Viens, je t'emmène*, paroles et musique de Michel Berger, Éditions Apache France.

Toi que la raison n'arrête pas,
Toi qui sais rêver, emporte-moi[1]...

Elle consacre une folle énergie à la réalisation de son projet et, pour la première fois de sa carrière, va pouvoir présenter quelque chose d'élaboré, qui sera le plus créatif possible. Elle a gardé de ses scènes passées beaucoup de souvenirs pénibles et Michel lui a assuré que, cette fois, elle allait découvrir le vrai bonheur. Elle espère qu'il a raison et, en gage de sa confiance, va danser, sauter, se livrer corps et âme, bref, tout faire pour « casser la baraque ».

Un mois avant sa « première », son attaché de presse la trouve pourtant en larmes sur son lit :

— Que se passe-t-il ? Tu es épuisée, c'est cela ?

— Non ! répond-elle entre deux hoquets. Je suis enceinte ! Cela fait déjà un mois mais je ne veux pas que cela se sache. Si je perds mon bébé, tout le monde, médias compris, va me submerger de pitié. Je ne le supporterai pas.

— Mais, arrête, c'est génial que tu attendes un bébé !

— Je crois que tu ne te rends pas bien compte ! Dans un mois, je dois être sur scène ! Le médecin veut que j'annule tout. À moins que je n'envisage de ne pas bouger, de ne pas danser, de ne pas sauter, rien ! C'est affreux ! J'ai longtemps pleuré en secret parce qu'on m'avait dit que je n'aurais peut-être jamais d'enfant et, maintenant que j'en attends un, je pleure encore au lieu de pouvoir me livrer à mon bonheur[2] !

Le lendemain, elle se reprend et retourne aux répétitions. Elle n'avoue toutefois rien. Ne montre

---

1. *Plus haut que moi*, paroles et musique de Yves Dessca et Jean-Michel Rivat, musique de Toquinho.
2. Entretien avec Grégoire Colard.

rien. À personne. Elle veut assumer ses difficultés, seule, avec Michel.

Chaque jour, elle rejoint la troupe, entièrement allongée dans une voiture. Une fois arrivée, elle tient le coup, serre les dents, cache sa fatigue et ses angoisses.

Arrive cependant le jour du premier concert, le 14 avril. Le Tout-Paris est là. Personne ne veut rater son retour. Le spectacle est parfait, France chante magnifiquement et « bouge » délicieusement, même si elle évolue prudemment, sous les yeux de Michel, qui, des coulisses, lui fait des signes inquiets. Les spectateurs, eux, quasiment en délire, réservent à la chanteuse une longue *standing ovation*.

Certaines critiques sont malgré tout quelque peu réservées : « Elle ne danse pas du tout. Elle ne se donne pas assez ! » France les parcourt avec un fort sentiment d'injustice. Mais comment se justifier sans trahir son secret ? Ce qui la console, c'est d'avoir mené à bien son spectacle. Le succès triomphal du disque *Live* du théâtre des Champs-Élysées, sorti quelques mois après, la confortera encore davantage.

De plus, comme l'avait prédit son homme, elle a effectivement adoré, cette fois, se produire sur scène. Elle a aussi pu jouir de la communion qui s'est instaurée entre elle et le public. Elle sait qu'elle recommencera. Elle en est même déjà impatiente.

Mais, pour l'heure, ce qui compte, c'est de gérer au mieux l'imminente naissance de son bébé. Elle aimerait rester tranquille, mais sa maison est en permanence envahie. Non seulement Michel y donne rendez-vous à tous ceux qui sont concernés par la sortie du disque de *Starmania*, prévue pour le 18 octobre, mais Fabienne Thibeault habite provisoirement là et, en plus, il faut l'aider à se moderniser ! La jeune femme, d'allure très baba cool avec ses petites lunettes rondes et ses longs cheveux longs, apparaît en effet dès sa descente d'avion affublée de jupes en jean sans forme tombant sur ses chevilles, découvrant des pieds nus dans des sabots, le haut du corps recouvert d'oripeaux en coton aux couleurs délavées.

« Ce n'est pas possible ! dit avec franchise et un brin d'amusement France à l'interprète des *Uns contre les autres*. Tu ne peux pas apparaître comme ça. Ni à la télévision, ni sur scène ! »

Fabienne n'apprécie pas vraiment mais, bon gré mal gré, suit France dans les magasins. Une fois chaussée de petits talons et de tenues parisiennes qui dissimulent ses rondeurs, elle s'effondre d'ailleurs en larmes dans les bras de sa conseillère : « Je ne pourrai jamais, je ne pourrai jamais ! »

Quand l'album de *Starmania* est enfin sur orbite, France se sent rassurée. D'autant qu'en un mois, il est disque d'or en France comme au Québec. Cette bonne nouvelle tombe le 14 novembre 1978, le jour où elle met au monde à Neuilly sa plus belle merveille : Pauline Isabelle. La mère et le bébé se portent à merveille et Luc Plamondon, le parrain de la petite, est ému aux larmes.

La plupart des mamans qui travaillent ont naturellement droit à un congé de maternité. Mais France, elle, ne se l'accorde pas. La première représentation de *Starmania* est prévue pour avril, ce n'est pas le moment de se reposer. Il y a les répétitions, les costumes à essayer, les textes parlés et chantés à apprendre et il lui faut, surtout, consacrer beaucoup de temps à Michel pour l'escorter, l'assister, l'aider. L'heure a sonné de tout organiser. Heureusement, elle adore ça.

Starmania se joue à guichets fermés au Palais des Congrès. On loue même les marches, contre l'avis des services de sécurité ! Tous les soirs le même triomphe se répète. Pour la première fois, France fait partie d'une troupe et elle s'en réjouit. Pourtant, sa position de femme du compositeur agace certains interprètes et cela l'attriste un peu car elle trouve cela « idiot et bêtement injuste ». On n'a pas fait de castings pour son rôle et elle n'a pas intrigué pour être là ! Tant pis donc pour les pisse-vinaigre !

Quelques-uns des titres dans *Starmania* qu'elle interprète sortent en single (*Quand on n'a plus rien à perdre,* en duo avec Balavoine, *Monopolis, Besoin d'amour*) et l'entraînent davantage dans le tourbillon du succès. Elle s'en souvient des années plus tard pour le journal *Platine* :

« *Besoin d'amour* a été la plus épuisante de mes chansons dans tout *Starmania*. Elle est tellement puissante qu'il faut vraiment s'accrocher. Comme j'avais trois pointures vocales pour partenaires, Diane Dufresne, Fabienne Thibeault et l'autre excellente Québécoise Nanette Workman, il fallait que moi aussi, je sorte ma note super-aiguë à la fin. L'énergie qui se dégage de cette chanson m'oblige à bouger chaque fois que je l'entends. Quant à *Monopolis,* c'est la plus difficile vocalement que j'ai eu à défendre de ma vie. Pas du tout adaptée à ma voix. Ça se saurait si j'étais une chanteuse d'opéra ! J'ai dû aller chercher un timbre nouveau. J'avais peur tous les soirs de ne pas y arriver. »

Concernant le duo avec Daniel Balavoine, France en gardera d'éternels bons souvenirs : « Il y a eu entre nous une énorme complicité qui a même provoqué un soir un incroyable fou rire en scène, nous obligeant à interrompre le spectacle devant un public hilare ! Et je n'oublie pas le soir où Daniel a sauté dans la salle avec sa combinaison d'extra-terrestre et son chapeau à antennes pour casser la gueule à un type qui me sifflait systématiquement[1] ! »

Parallèlement, elle est de plus en plus ébahie par la force de travail de son mari. L'aventure *Starmania* loin d'être terminée, il s'est déjà remis à la composition de deux albums, un pour lui, l'autre pour elle, qui sortiront tous deux début 80. C'est la première fois depuis leur rencontre qu'ils proposent leurs travaux simultanément. Jusqu'ici, c'était en alternance… chacun son année !

Celui de la belle s'intitule *Paris, France* et sort le 19 mai 1980, avec dix nouveaux titres, dont *Bébé comme la vie, La Chanteuse qui a tout donné, Trop grand pour moi, Parler, parler* et surtout *Il jouait du piano debout*, le premier extrait.

Un petit déjeuner est organisé par Grégoire au restaurant de la tour Eiffel afin que France présente ce disque aux médias, ravis de passer un moment détendu auprès d'elle en grignotant des croissants… Leur accueil est excellent et *Il jouait du piano debout* se retrouve dès le lendemain sur toutes les ondes.

« Moi, en la chantant en studio, je n'imaginais pas que l'impact de cette chanson s'avérerait si énorme. Je ne pense d'ailleurs jamais à ça, ni ne spécule, avant que le métier et le public décident[2]. »

Parallèlement, le nouveau titre-phare de Michel, *La Groupie du pianiste*, s'annonce aussi comme un triomphe et, du coup, une mini-compétition s'instaure entre eux… malgré eux. Tout au long de l'été 1980, *La Groupie du pianiste* dispute la

---

1. *Platine*, 2001.

2. Livret de la compilation *Évidemment*, Warner Music, 2004.

première place des hit-parades à *Il jouait du piano debout*. Une folie qui les fait rire.

Tout le monde pense alors, qu'il s'agisse des journalistes qui l'écrivent ou du public qui le répète, que *Il jouait du piano debout* a été inspirée à Michel par Elton John. En vérité, il l'a écrite sur le thème de la différence pour le rocker américain Jerry Lee Lewis.

Il jouait du piano debout,
C'est peut-être un détail pour vous,
Mais pour moi, ça veut dire beaucoup[1]...

À la même époque, de l'autre côté de la Manche, en Angleterre, deux yeux perçants suivent avec attention l'évolution de la carrière de la chanteuse française : ceux d'Elton John. Il est alors une star mondiale, sauf en France où il s'estime méconnu. Il a aimé *Trop grand pour moi* sur le dernier album de France et repéré *Viens je t'emmène*, appréciant et admirant les compositions de Michel et la voix de France, dont il a compris l'immense popularité. Il décide de les appeler.

Début juillet, alors que les deux tourtereaux s'apprêtent à rejoindre Grégoire, à Los Angeles, afin d'y célébrer son anniversaire, ils décrochent leur téléphone : « Allô ? Ici Elton John. Pouvez-vous venir à Saint-Tropez ? J'aimerais beaucoup vous rencontrer... »

Michel raccroche, incrédule. « Qu'est-ce que c'est que cette farce ? Qui nous monte ce bateau ? Comme si Elton John appelait lui-même ! »

Le téléphone sonne : « C'est à nouveau Elton John ! Franchement, j'adore ce que vous faites.

1. *Il jouait du piano debout*, paroles et musique de Michel Berger, Éditions Apache France.

Comme je n'ai pas trouvé vos albums dans la Citadelle, je suis allé jusqu'à Nice pour me les procurer. J'aimerais vous voir le plus vite possible. Je rêverais qu'on travaille ensemble. »

France et Michel sont ébahis. Ils se regardent et se prennent la main comme deux enfants devant un sapin de Noël. C'est leur idole absolue, celle qui leur a donné envie de faire de la musique, qui vient de les contacter. Leurs bagages sont faits illico presto et tout le monde se retrouve le 14 Juillet à Saint-Tropez, chez Eddie Barclay, lors de la fameuse Soirée Blanche.

Dans la somptueuse *Villa du Cap* d'Eddie, Michel et Elton se relaient au piano du grand salon blanc et font activement connaissance. France, penchée sur le clavier, n'en perd pas une note. Ils parlent musique, chantent, rient, s'amusent, devant les autres invités médusés. Elton se déclare enchanté et invite Michel et France à venir le lendemain chez lui, dans sa sublime maison de location. Là, il propose au jeune compositeur d'écrire un album pour lui et France, et qu'il commence par deux duos mêlant le français et l'anglais, avec des musiques et des paroles écrites par Michel, Bernie Taupin, son auteur fétiche, et lui-même. Une tournée dans l'Hexagone est même envisagée, qui aurait lieu après la sortie du disque, affichant France et Elton.

Le rendez-vous est aussitôt pris pour le 15 août suivant à Los Angeles, au studio Sunset Sound. Elton a déjà réservé leurs trois billets d'avion. Michel, de retour à Paris, compose fiévreusement deux premières chansons, *Donner pour donner* et *Les Aveux*.

Le 15 août, dès son arrivée au studio d'Elton, France a l'impression de vivre un rêve, ravie d'être avec « ses hommes », Michel, Elton, Bernie et tous les musiciens de la star anglaise, dirigés par son mari. Mais le rêve s'annonce compliqué à cause d'un nouvel événement. Elle est à nouveau enceinte... depuis quinze jours ! Souffrant de nausées, affreusement gênée de devoir parfois s'éclipser précipitamment, elle passe son temps à s'excuser mille fois auprès d'un Elton John qu'elle imagine peu ouvert aux problèmes typiquement féminins. Elle se trompe. Il se montre avec elle plus que jamais aux petits soins. Finalement, elle est encore plus embarrassée !

J'ai en moi la vie, j'ai en moi le feu,
J'ai en moi la tempête de celui qui veut[1]...

Dès sa sortie, le single fait, suivant une nouvelle expression à la mode, « un malheur », mais ne pourra pas avoir de suite. La grossesse de France s'annonce difficile. Le médecin lui a fermement ordonné de rester couchée jusqu'à terme. *Exit* l'album et la tournée ! La chanteuse en est verte de déception, mais la femme a fait son choix. Même si, allongée sur son lit, elle enrage tout de même un peu.

De son côté, Michel reste à la maison pour tenir compagnie à sa femme. Il tourne, désœuvré, autour de son piano, un peu dépité. Mais, puisqu'il dispose de temps libre, il met à nouveau en route deux albums... un pour lui, un pour elle.

Le soir du 1er avril 1981, ils donnent chez eux un dîner en l'honneur d'Elton. Le repas somptueux est réussi, agrémenté de mets succulents et de vins rares. France n'en boit pas, bien sûr, mais elle rit à s'enivrer des histoires et des facéties irrésistibles de la star, au point d'en avoir des douleurs

1. *Les Aveux*, paroles et musique de Michel Berger, Elton John, Éditions Apache France & Big Pig Music Ltd.

au ventre. Dans la nuit un petit ange vient au monde, un fils, prénommé Raphaël Michel, dont Coluche sera le parrain.

La joie submerge la maman. Un mari adoré, deux enfants merveilleux, un succès professionnel hors pair... elle se demande si le Graal n'a pas trouvé avec elle son acquéreur !

Pourtant, curieusement, une sourde inquiétude se met peu à peu à poindre en elle. À des journalistes qui s'esbaudissent devant sa réussite, elle rétorque : « Tant de bonheur, cela me fait peur. Je ne peux pas m'empêcher de penser qu'il y aura une facture à payer un jour[1]... »

---

1. *Le Parisien*.

Toujours plus haut

Pour se remettre d'une grossesse tout de même épuisante, France emmène toute sa petite famille dans une maison des Parcs de Saint-Tropez. L'ambiance est aux câlins et aux berceuses. Michel se comporte en vrai papa poule, entouré de ses parents et de ses amis. Parfois, Grégoire éclate de rire quand il le voit quitter précipitamment la piscine pour courir, dégoulinant, vers la maison d'où s'échappent aussitôt des accords de piano. Notre homme est inspiré !

Un soir, ce même Grégoire assiste cependant à un léger tiraillement entre les deux tourtereaux :

— J'adore cette nouvelle chanson, je voudrais la chanter ! demande France.

— Mais non, elle est pour moi. Elle parle des prisonniers politiques… J'ai envie de la faire, insiste Michel.

— Justement, c'est un thème parfait pour moi !

Mais si, mais non. Mais non, mais si…

Finalement, c'est elle qui l'emporte et qui chantera *Diego*. Michel fait un clin d'œil à son attaché de presse et ami :

— Elle a gagné, mais je la chanterai aussi, plus tard.

Diego, libre sans sa tête,
Derrière sa fenêtre,
Déjà mort peut-être[1]...

Effectivement, France a de plus en plus envie de chanter des choses sinon graves du moins sérieuses. Un peu plus engagées. Son pygmalion d'époux l'a compris et l'album qui sort le 10 décembre 1981 compte des titres comme *La Prière des petits humains*, une prière à Dieu, ou *Résiste*, un appel vibrant à la rébellion contre l'oppression d'un monde chaotique.

Résiste,
Prouve que tu existes,
Cherche ton bonheur partout, va,
Refuse ce monde égoïste[2]...

« Cette chanson, tout comme l'autre tube du disque, *Tout pour la musique*, racontera-t-elle ensuite, a été touchée par la grâce. Michel ne les avait pas encore écrites lorsqu'il m'a donné toutes les autres maquettes. Moi, j'avais trouvé l'ensemble formidable, mais lui a été pris d'un doute. "Il manque deux titres", m'a-t-il dit, avant de retourner dans le garage de la maison, qui lui servait de studio. C'est là, que, spontanément, il les a composés, en deux jours. Trop fort, Michel[3] ! »

Ce nouvel album intitulé *Tout pour la musique* se vend à près d'un million d'exemplaires, soutenu non seulement par les radios nationales mais

1. *Diego, libre dans sa tête*, paroles et musique de Michel Berger, Éditions Apache France.
2. *Résiste*, paroles et musique de Michel Berger, Éditions Apache France.
3. *Platine*, 2001.

aussi par le millier de radios libres ayant émergé depuis l'arrivée le 10 mai 1981 de François Mitterrand au pouvoir.

Peu après sa sortie, un énorme spectacle est parallèlement prévu, au Palais des Sports, à Paris, pendant un mois et demi. Sur les affiches, le visage de France apparaît sérieux. Il est vrai que le défi est important. Fini le relativement petit théâtre des Champs-Élysées. Il s'agit quand même d'une salle de quatre mille personnes !

Le public, malgré le froid cinglant de ce début d'année 1982, afflue en masse. Le spectacle mis en scène par Robert Fortune l'enchante, et le bouche-à-oreille fonctionne. Au fur et à mesure des semaines, le bureau de réservation refuse de plus en plus de monde.

France épate tout le monde : critiques et fans sont enfin d'accord. Elle n'a jamais fait preuve d'autant d'énergie et danse allègrement sous des orages de néons multicolores, entourée de douze musiciens, de trois choristes et de trois danseurs endiablés. À un moment, elle joue même du saxophone, un instrument qu'elle a commencé à apprivoiser il y a un an.

Juste avant l'entracte, un clown blanc descend lentement des cintres, en plein milieu de la chanson *Plus haut*, et enlève dans ses bras une France tombée en pamoison :

Celui que j'aime vit dans un monde,
Plus haut,
Bien au-dessus du niveau de l'eau,
Plus haut que le vol des oiseaux[1]...

---

1. *Plus haut*, paroles et musique de Michel Berger, Éditions Apache France.

Un triomphe ! Par la suite, elle affirmera toujours, et notamment dans son *Intégrale* de 2004 : « *Plus haut* est ma chanson préférée. C'est tellement bizarre d'aimer une chanson plus qu'une autre. Elle me fait quelque chose à chaque fois. J'aime tout, la mélodie, ce que je dis, le climat tendu et étrange. C'est une chanson d'amour[1]... »

Certains soirs de ce janvier 1982, des amis chanteurs font la surprise au public de venir entonner un duo avec elle, comme Daniel Balavoine ou Elton John.

Dans la presse, on peut lire une phrase incroyable, que la vie s'évertuera à démentir : « France, une femme maîtresse de son destin. » Elle confiera au journaliste Richard Cannavo : « C'est là que j'ai découvert la vraie scène, avec les gens qui tapent dans leurs mains, qui chantent à l'unisson. C'est là que j'ai compris cet échange extraordinaire et ce qu'il représente : de l'amour ! Personne ne se connaît et, pourtant, tout le monde s'aime ! J'ai éprouvé une joie extraordinaire. »

Dès lors, virus contracté, chaque fois qu'elle devra faire un spectacle, elle affirmera, le sourire aux lèvres : « Ce soir, j'ai un rendez-vous d'amour ! »

---

1. Livret de la compilation *Évidemment*, Warner Music, 2004.

La facture

Après ce moment triomphal qui a procuré à la chanteuse tout le bonheur du monde, il est temps pour la femme et la mère de consacrer son énergie à sa famille. L'urgence, c'est de s'occuper de Michel qui, pendant qu'elle était sur scène, a perdu Bernard, son frère, décédé le 26 janvier d'une sclérose en plaques à l'hôpital Necker. Sa détresse est profonde, effroyable. Bernard était pour lui non seulement un modèle, un mentor, un point de repère, mais aussi son plus grand confident. Et puis, dans cette épreuve, il faut aussi soutenir sa belle-famille. Une fois encore, France assure « un maximum ». Malheureusement, très peu de temps après, une terrible nouvelle tombe, et une véritable chape de plomb s'abat sur le couple préféré des Français. Depuis quelque temps déjà, la santé de leur fille vacille. Les prescriptions médicales classiques ne suffisent plus à la remettre en forme quand elle est malade. Après une batterie d'examens approfondis, le verdict est tragique. Pauline est atteinte d'une maladie fatale, théoriquement incurable, la mucoviscidose. Pas même âgée de quatre ans, l'adorable petite fille est considérée comme condamnée. Son grand-père paternel, le professeur Hambürger, a beau dire que la science fait des progrès constants et qu'on va forcément trouver des thérapies adaptées à son cas, France et Michel sont hébétés. Ils décident aussitôt de ne plus travailler qu'alternativement et d'entamer contre ce fléau le plus absolu des combats. Ils s'arment d'espoir et de volonté. Mais ils savent qu'en quelques lignes de résultats de laboratoire, et en quelques minutes d'existence, ils viennent à la fois de pénétrer dans le tunnel de l'angoisse et de perdre à jamais leur insouciance.

Cependant, à quelques jours de sa quinzaine à l'Olympia, Michel, qui a écrit plusieurs mois auparavant une chanson au titre prémonitoire, *Ballade pour une Pauline triste*, a du mal à assumer le choc. France va le tenir à bout de bras, lui insuffler cette incroyable énergie qui l'a toujours caractérisée. Elle est heureusement épaulée, à la maison, par deux jeunes femmes très dévouées et très proches de ses enfants : la douce réfugiée d'Asie, Nane, et l'impayable et joviale Française, Annie Beugnon, qui officie à la cuisine, juchée sur des patins à roulettes (une chanson lui sera d'ailleurs consacrée en 1984 sur l'album *Débranche* de France : *Annie donne*...).

Michel, totalement désemparé par la maladie de sa fille, cache son spleen derrière une gentillesse et une patience inébranlables. Pour tenir le coup, il se jette à corps perdu dans le travail. À l'Olympia, il offrira aux spectateurs un récital sobre, précis, épuré, qu'il devra prolonger de quatre soirs.

Les mois passent et, peu à peu, la vie et l'espoir reprennent leurs droits. Michel écrit, compose, voyage. France, elle, maintient un subtil équilibre entre l'attention qu'elle porte à ses enfants et une présence éclairée auprès de son mari. Le couple est plus intimement soudé que jamais, au zénith

Poupée de cire, Poupée de son

Musique en famille pour la « petite » avec ses frères jumeaux, Patrice et Philippe.

Sa première « vraie » chambre à elle toute seule.

Son tout premier « look »
d'idole des jeunes.

En robe bleue. © Gilbert Moreau / FLO
Portrait. © Mario Gurrieri / FLO

Les années Gainsbourg

OUIIIII!
LES PLUS BELLES VONT A
LA MAQUILLAGERIE
France Gall

Salut les copains !

Avec Alain Chamfort.

N'écoute pas les idoles...

Printemps 1965, au Moulin de Dannemois.
Autour de France, à gauche, Chouffa, la maman de Claude François.
À droite, Cloclo et Jean-Marie Périer...

Le 14 septembre 1974, pendant les répétitions de l'émission
« Top à Claude François » de Maritie et Gilbert Carpentier.

© Gilbert Moreau / FLO

© Simon&Talisman / FLO

Les années Berger

Avec Elton John
et Eddie Barclay,
à la Soirée Blanche.

© Mario Gurrieri / FLO

France Gall lors
de son concert
au Palais des sports
à Paris, 1981.

Jacques Demarthon © AFP

© Jean-Luc Parienté / FLO

En studio, pour l'album *Double Jeu*.

Marianne Rosenstiehl © Sygma/Corbis

Tout pour la musique

Jacques Morell©Kipa/Corbis

Sur le plateau des Carpentier « Numéro 1 », France Gall avec Coluche.

1976 : France et Grégoire Colard, à l'occasion du premier disque d'or des années « Berger ».

Séance de travail sur le plateau de Michel Drucker.

de l'amour. Michel, ébloui par la force et la générosité de sa femme, compose alors en son honneur *Lumière du jour*, un titre magnifique, qu'elle commentera ainsi en riant : « Enfin, au bout de sept ans de mariage et deux enfants[1] ! »

Tu es ma lumière du jour,
Tu es mon ultime recours,
Et si le poids se fait trop lourd,
J'appelle ton nom à mon secours[2]...

Personne n'a oublié la pureté ensorcelante, l'intimité fulgurante, la tendresse infinie de cette chanson d'amour. Quand Michel l'offre à France juste après la naissance de Raphaël, il lui confie qu'il l'a écrite pour elle. Reprenant le texte d'une autre de ses créations, *Il jouait du piano debout*, il aurait pu ajouter : « C'est peut-être un détail pour vous, mais pour moi, ça veut dire beaucoup » ! Jamais, en effet, il ne lui a fait un tel aveu et donc un tel cadeau. Elle s'en émeut, d'autant plus qu'elle sait, que, selon lui, « il n'est pas intéressant de parler de bonheur ». Et là, comme en hommage aux deux fruits de leurs amours, comme en témoignage de l'ivresse qui emplit son cœur, il lui délivre le plus vibrant des messages amoureux.

Au moment où elle vient de poser la deuxième pierre de la plus essentielle de ses carrières, celle de maman, cette mélodie magnifie une vie de couple désormais devenue, comme une évidence, une existence à quatre. Elle se sent portée par un amour infini, qu'elle met toute son intelligence à

1. *Elle*, 1985.
2. *Lumière du jour*, paroles et musique de Michel Berger.

protéger. Elle sait, elle a bien remarqué, au fil de ces années passées avec Michel, que ses regards peuvent parfois, comme tout un chacun, se poser sur les jolies blondes qui déambulent dans la rue ou dans les coulisses du métier.

En fait, elle est jalouse, elle s'en rend compte avec stupéfaction, car cela ne lui est jamais arrivé. Pourtant, elle réprouve ce sentiment, qu'elle estime dégradant, et s'efforce de ne pas l'afficher, préférant gérer les situations à sa manière. Ainsi, si, par hasard, une jeune femme aux cheveux couleur de blé paraissait vouloir « s'immiscer » dans leur intimité, France affecterait son air le plus amical, entamerait un papotage avec la « rivale » en puissance, échangerait avec elle des recettes de cuisine, lui montrerait les photos de ses enfants et lui demanderait quelques conseils de beauté. En une heure, son « ennemie » virtuelle serait neutralisée. Une attitude qui ne manque pas de faire rire Michel qui n'est pas dupe de ces soudaines amitiés que France noue avec tout ce qui bouge de blond et de joli autour de lui. Il la félicite même avec un rien de malice pour sa diplomatie...

En ce qui concerne Véronique Sanson, c'est une autre affaire. Premier grand amour jamais totalement oublié de son mari ? Idylle idéalisée à travers les années ? France a longtemps craint que le cœur de son mari ne s'émeuve à nouveau pour l'inoubliable interprète d'*Amoureuse*.

À présent, France semble rassérénée, car Michel lui prouve à chaque minute à quel point il se complaît dans son double rôle de mari attentionné et de père attentif.

Alors, quand il décide, au printemps 1982, de s'accorder une année sabbatique, qu'il veut consacrer à des voyages initiatiques à travers le monde, elle commence par l'accompagner, en Chine, en Thaïlande, à Hong Kong, et puis le laisse poursuivre seul. Elle accepte sans rechigner de rester à la maison, d'y être la gardienne du temple. Elle a compris que son mari a besoin d'éloigner un peu son âme des malheurs récents et de ressourcer son inspiration.

Quand Michel revient de son périple, elle l'écoute avec attention raconter ce qu'il a vu et entendu. Elle comprend qu'il s'est effectivement enrichi de nouvelles idées musicales, d'arrangements différents, de sons inédits.

Après avoir écrit *Voyou*, album qui sort en avril 1983, et dans lequel il a préféré les sonorités dures aux accords symphoniques qui coloraient jusqu'alors ses albums et ceux de France, il s'attelle à un nouveau disque pour elle. Il se sent inspiré par ses récents voyages. Les jeunes chanteurs qu'il a vus se démener à la télévision de Hong Kong en copiant physiquement et artistiquement les Américains l'ont particulièrement désolé par leur manque d'originalité, ce qui l'amène à écrire *Hong Kong Star*.

T'es pas né où tu voulais,
T'as pas la peau qu'il te faudrait,
Celle du vrai pays du dollar[1]...

Michel se rappelle aussi sa désolation de constater, lors de son voyage en Chine, en 1982, l'envahissement des machines qui mettent en danger la communication humaine et il écrit *Débranche* :

1. *Hong Kong Star*, paroles et musique de Michel Berger, Éditions Apache France.

Débranche, débranche,
Coupe la lumière et coupe le son,
Débranche, débranche tout,
Revenons à nous[1]...

Par ailleurs, et quand, suivant son habitude, Michel lui fait entendre quelques petits bouts de ces textes afin de connaître ses impressions avant d'en terminer l'écriture, France s'enflamme aussitôt pour *Débranche* et *Hong Kong Star*. Elle se surprend à laisser couler ses larmes en écoutant la douce et merveilleuse *Cézanne peint*, inspirée par leurs dernières vacances en Haute-Provence, à côté de l'atelier du peintre :

Silence les grillons,
Sur les branches immobiles,
Les arbres font des rayons,
Et des ombres subtiles[2]...

Elle adore aussi *Calypso*, une sorte de ballade exotique, qui, elle le sent, sera magique à chanter sur scène et à faire reprendre en chœur par le public qui balancera ses milliers de bras...

Pour le Calypso,
Besame mucho,
Vertige des pays chauds[3]...

Vient le temps d'enregistrer. Cette fois, c'est Michel qui organise tout. Elle le laisse faire, non

---

1. *Débranche*, paroles et musique de Michel Berger, Éditions Apache France.
2. *Cézanne peint*, paroles et musique de Michel Berger, Éditions Apache France.
3. *Calypso*, paroles et musique de Michel Berger, Éditions Apache France.

sans un certain amusement. Tous les deux se retrouvent avec leurs musiciens de toujours, Jannick Top, Kamil Rustam, Claude Salmieri et Georges Rodi, entourés d'instrumentistes américains de « grande pointure » au studio Conway de Los Angeles.

Si le travail en commun s'avère long et difficile, la chanteuse rayonne au milieu de « tous ses hommes ». Elle sent que ce qu'ils font s'annonce « très très fort ».

Quand l'album, intitulé *Débranche* (sur lequel Lio et Alain Chamfort ont participé aux chœurs), sort le 2 avril 1984, l'accueil est effectivement unanimement enthousiaste : France Gall est saluée comme « une chanteuse fantastique ». On la découvre plus douce et plus rock que jamais, plus moderne, avec une voix qui a pris une amplitude et une force remarquables. On salue même sa beauté radieuse et... ses « cheveux fous sur la pochette ».

Avec ce succès qui lui fait tenir vingt-quatre semaines durant la tête de tous les hit-parades, elle est devenue superstar aux yeux de tous. Chacun estime qu'elle est au sommet de sa gloire, d'autant que toutes ses chansons deviennent des tubes incontournables, les unes après les autres. La tournée qu'elle entreprend alors rencontre logiquement un succès phénoménal.

Entre deux concerts, elle rejoint avec impatience sa chère petite famille et son mari. À la demande de celui-ci, elle organise de multiples dîners amicaux avec Balavoine, Coluche, et aussi, un soir, Johnny Hallyday qu'accompagne Nathalie Baye. La comédienne a eu l'heureuse idée de faire se rencontrer Michel et Johnny, qui ne se connaissent pas bien, dans l'espoir qu'ils travaillent ensemble à un album de la star française du rock.

Les deux hommes tombent immédiatement en amitié et en admiration réciproques. Ils ne se quittent plus.

À cette époque, Michel peaufine son propre album, *Différences*, et France, tournée terminée, s'occupe du quotidien, son rôle préféré entre tous.

Quand elle est près de son mari, elle aime l'entendre parler de ses nouvelles aspirations. Il a clairement envie d'être plus à l'écoute du monde et de sa misère. Son récent voyage en Asie n'y est pas pour rien. Il lui donne la primeur de l'une de ses nouvelles chansons, *Chanter pour ceux qui sont loin de chez eux*, qui la bouleverse.

Je veux chanter pour ceux,
Qu'on oublie peu à peu,
Et qui gardent au fond d'eux,
Quelque chose qui fait mal[1]...

Elle aussi a tout à fait conscience que rien sur terre ne tourne tout à fait rond et qu'il est temps de faire quelque chose.

Que ce soit dans notre pays aux côtés de Coluche, et de ses Restos du cœur, ou d'Harlem Désir et de son association Touche pas à mon pote, que ce soit à l'étranger avec Band Aid et aussi Michael Jackson, de nombreuses personnalités artistiques se mettent en quatre pour alerter l'opinion mondiale et demander de l'aide pour les plus défavorisés.

Daniel Balavoine, le meilleur ami du couple, celui que Berger considère presque comme son frère, s'efforce depuis quelque temps de prendre politiquement la parole. Il ne cesse plus d'élever

---

1. *Chanter pour ceux qui sont loin de chez eux*, paroles et musique de Michel Berger.

la voix pour dénoncer avec un vrai bon sens la détresse des peuples de cette Afrique qu'il connaît bien pour l'avoir traversée de long en large en participant plusieurs fois au rallye Paris-Dakar. Le 13 juillet 1985, France et Michel assistent avec lui, mais aussi Jean-Jacques Goldman et Jean-Louis Aubert, à un concert humanitaire exceptionnel à Wembley, en Angleterre, organisé par le rocker Bob Geldorf. Ils voient défiler tout ce que le gratin du rock peut compter de stars : Paul McCartney, Peter Gabriel, les Queen et bien d'autres... mais pas un seul chanteur français ! La France a snobé cette manifestation. Pourtant, le disque *live* de la soirée rapportera plusieurs centaines de millions de livres aux déshérités. Les chanteurs hexagonaux sont scandalisés de ne pas avoir été conviés par leur pays à participer à cette soirée de cœur et plusieurs d'entre eux s'en indignent auprès du regretté Lionel Rotcage, fils de Régine, alors journaliste à *Libération* et créateur de la version française du journal *Rolling Stone*, lui aussi présent dans les tribunes de Wembley. L'homme est chargé par son ami Geldorf de représenter Band Aid en France, et peut les soutenir s'ils désirent organiser quelque chose à leur tour. C'est ainsi que France et ses amis, auxquels Renaud s'est joint comme pas mal d'autres chanteurs, sortent un disque commun, le 13 octobre 1985, *Chanteurs sans frontières*, au profit de Band Aid, puis mettent sur pied un concert géant à La Courneuve, auquel participent quarante artistes dont Johnny, Véronique Sanson, Catherine Lara, Julien Clerc, Patrick Bruel, Francis Cabrel ou Alain Bashung. L'organisation est titanesque. France se dépense sans compter mais, malheureusement, le concert est un échec et la recette bien maigre. Lionel Rotcage ne désarme pas et trouve une parade à ce ratage : « Chanter sur scène, c'est une chose, et c'est facile pour vous. Aller sur le terrain, en Afrique, et aider concrètement les populations, cela aurait autrement plus d'impact ! »

France reçoit parfaitement le message, tout comme Michel et Daniel. Celui-ci a justement un projet de fondation consacrée aux enfants du tiers-monde et propose qu'on l'aide à le concrétiser. Lionel expose une autre idée : une association existe déjà qu'ils pourraient rejoindre, Action École, dans laquelle Richard Berry et Carole Bouquet sont déjà partie prenante.

L'idée est de demander à tous les écoliers du pays d'acheter des vivres afin qu'ils soient acheminés vers l'Afrique et distribués aux populations nécessiteuses, en présence de vedettes.

France, Michel et Daniel acceptent immédiatement et s'investissent à fond dans l'opération, avant de se rendre ensemble au Mali pour y prendre la mesure des besoins.

Daniel lui avait certes décrit, à Paris, la situation, mais sur place la réalité dépasse tout et provoque chez France un choc immense. Elle s'effondre en larmes dans les bras de Michel. Affronter la vision cauchemardesque de la plus profonde misère s'avère au-dessus de ses forces. Du moins pour le moment. Car, de retour en France, elle s'investit totalement dans la médiatisation d'Action École. Interviews, télévisions, clips tournés par Michel... tout y passe.

Rapidement, des quantités incroyables de vivres affluent à Rouen, point central de leur acheminement. France, Michel et Richard Berry y assistent un jour au chargement de deux mille tonnes de nourriture en partance pour l'Afrique, puis dans la foulée se rendent à Dakar, au Sénégal, et s'enfoncent dans la brousse pour y rencontrer ses habitants.

Quelques mois plus tard, forte de ce succès, France renouvelle son engagement dans Action École Pompes, appelée aussi Opération Delta, parrainée par Daniel Balavoine, qui se propose de fournir aux Africains de quoi puiser l'eau, source de toute vie.

Toute la génération de chanteurs à succès soutient France, Michel et Daniel, comme Michel Sardou, Jacques Higelin, Coluche, Francis Cabrel, Alain Souchon, dans un élan de solidarité fédéré par le ministre de la Culture Jack Lang :

« Je me souviens d'un déjeuner que Jack Lang avait organisé à l'Élysée avec Coluche et Michel, dira France dans les colonnes de *L'Express* en 2004. François Mitterrand était un grand fan de *Starmania* et Michel aimait profiter de ces rencontres politiques pour demander quelque chose. Cette fois, au-delà de l'action en Afrique, il évoque la retraite des artistes. Coluche, lui, voulait parler de cul au président ! Michel et lui en sont restés brouillés un petit moment ! »

Et puis c'est le drame.

Le 14 janvier 1986, tandis que Daniel suit à nouveau le Paris-Dakar et en profite pour dispenser les pompes à eau déjà achetées grâce aux dons, il meurt dans un accident d'hélicoptère. Quand France apprend la nouvelle, elle est anéantie. Michel s'écroule aussi. Il a perdu son meilleur ami et voit, une fois de plus, tout en noir. C'est à France de lui montrer qu'il peut y avoir un brin de lumière au bout de la détresse. Aux funérailles, elle s'accroche à lui qui, le dos voûté, lève les bras au ciel devant la tombe de son ami, et les laisse retomber en signe d'impuissance.

Elle se dit que la seule solution pour combler cette absence est de poursuivre l'œuvre humanitaire de Daniel et de retourner en Afrique. D'ailleurs, elle est tombée amoureuse de ce continent, même si l'extrême difficulté à vivre de ses habitants l'attriste terriblement. Elle a appris au cours de ses séjours là-bas à admirer la beauté du pays, la richesse d'âme de ses habitants et la dignité saisissante des femmes.

« L'Afrique est une terre flamboyante, déclare-t-elle. C'est d'une banalité affreuse de décrire les drames qu'elle traverse. Mais c'est une nécessité de lui apporter de l'aide, et de décrire les couleurs du ciel, des tissus, de ressentir la douceur des gens, de tenter de se rapprocher de leur philosophie[1]. » Faite de résignation tranquille face aux vicissitudes du destin, elle correspond parfaitement au caractère de France.

En secret, elle a envie de s'enraciner là-bas, dans cette terre apaisante, et se met à la recherche d'un endroit où elle pourrait se ressourcer et méditer à son aise, loin de tout. C'est au Sénégal qu'elle trouve son bonheur, sur une île minuscule, N'Goa, seulement accessible en barque. Elle y acquiert une maison en ruines, qui domine la mer.

Avec les années, elle en fait un havre de beauté, de sérénité, le décorant de façon typique et se prenant d'amitié avec les femmes du cru. Elle adore rire avec ces mères de famille, ces veuves que jamais rien n'abat. Elle les admire et les considère comme des modèles de vie.

Un homme, Issa, l'émeut aussi profondément. Une sorte de grand gourou à la barbe et aux cheveux blancs qui respire la sagesse et sait, d'une

1. *OK magazine.*

voix douce, l'air de rien, lui enseigner l'essentiel. À N'Goa, France se sent apaisée. C'est là-bas qu'un surnom affectueux lui est un jour attribué, « la négresse blonde ». France comprend alors qu'elle est à la fois acceptée en tant qu'Africaine et en tant que chanteuse qui a le rythme de ce pays dans la peau ! Elle en est fière. Michel le sait et s'en inspirera pour lui écrire *La Chanson de la négresse blonde*.

Nulle part dans le monde,
Jamais personne ne bouge comme elle,
Être une négresse blonde,
Couleur de la terre, du soleil[1]...

Beaucoup d'autres épisodes de vie africaine l'inspireront. L'un d'entre eux est particulièrement bouleversant. Un jour, ils visitent un petit village de cases dans la brousse. France avise une jeune fille en haillons, un bébé dans les bras et lui dit :

— Qu'il est beau, ton enfant ! Quel âge a-t-il ?

— Un mois. Il s'appelle Babacar. Il te plaît ? Si tu le veux, je te le donne !

France est interloquée. Elle n'ose comprendre. Cette fille plaisante-t-elle ?

— Je t'assure, je te le donne ! Il sera mieux avec toi, insiste la jeune mère qui se met à pleurer. Moi, j'ai dix-huit ans, le père nous a abandonnés, je suis étudiante. Je ne peux pas l'élever. Alors, prends-le !

Le cœur serré, France reste interdite.

« J'étais bouleversée. J'ai pris des photos et j'ai demandé à réfléchir. Je suis rentrée à Paris et nous en avons discuté avec Michel. Finalement, j'ai

1. *La Chanson de la négresse blonde*, paroles et musique de Michel Berger, Éditions Apache France.

décidé de ne pas prendre Babacar. Je ne voulais pas le déraciner. L'enlever à cette mère, Fatou, qui l'adorait. C'était un acte d'amour de me le donner. C'en était un aussi de le refuser. Je culpabilisais. Il n'y a rien de pire qu'un enfant qui meurt. J'avais si peur qu'il souffre[1]. »

Quand elle va tourner à Dakar, en janvier suivant, avec Michel comme réalisateur, le clip de la chanson *Babacar* qu'il a écrite spontanément face au désarroi de son épouse, ils trouvent Fatou et l'enfant qui les attendent à leur hôtel :

« Nous avons mis tout en route pour eux : leur trouver un appartement avec une salle de bains, aider la jeune mère à payer ses études de couturière et financer l'avenir de son petit garçon[2]. »

Au hasard d'un gala à Dakar, quelques années plus tard, en 1992, elle les reverra, constatant avec joie que le petit se porte parfaitement bien et que sa mère est habillée d'un très joli boubou.

Babacar, la chanson, est le titre-phare de l'album éponyme qui sort en avril 1987, et émeut bien sûr tout le monde :

Je vis avec ton regard,
Depuis le jour de mon départ,
Tu grandis dans ma mémoire[3]...

D'autres titres se font l'écho de l'attachement du couple au continent africain comme *La Chanson d'Azima,* dont le texte témoigne d'une certaine désillusion quant aux résultats dérisoires des for-

1. *OK magazine.*
2. *OK magazine.*
3. *Babacar*, paroles et musique de Michel Berger, Éditions Apache France.

midables aides humanitaires françaises ou internationales.

Que le désert avance,
Et l'eau n'arrive pas,
Sans cette délivrance,
Nous n'avons plus le choix[1]*...*

France et Michel ont compris que le combat qu'ils ont mené jusque-là en y mettant tout leur cœur n'est qu'une goutte d'eau dans le sable. Dans un autre titre devenu culte depuis, *Évidemment*, la chanteuse exprime la douleur d'avoir perdu son ami Daniel dans ce pays aride, où il voulait donner de l'eau et où il a finalement perdu son sang.

On rit encore,
Pour des bêtises,
Comme des enfants,
Mais pas comme avant[2]*...*

L'enregistrement de ce nouvel album se fait en Italie, à Carimate, près de Milan, dans un château fort avec pont-levis, au milieu des musiciens fidèles, dans une sorte de communion fraternelle. Pourtant, Michel peine parfois sur les arrangements. Ce qu'il écrit ne lui plaît pas, et, rageur, il jette ses partitions dans une poubelle où le bassiste Jannick Top plonge régulièrement la main pour les récupérer, devant une France hilare.

Le soir, autour d'une immense table, chacun se détend et raconte des histoires qui la font mourir

---

1. *La Chanson d'Azima*, paroles et musique de Michel Berger, Éditions Apache France.

2. *Évidemment*, paroles et musique de Michel Berger, Éditions Apache France.

de rire. Souvenir particulièrement marquant : les jours où Laurent Voulzy et Jean-Jacques Goldman viennent poser leur voix sur deux des titres, le premier sur *Dancing Brave*, le second sur *J'irai où tu iras*. Cette chanson-là évoque les rares moments pénibles de son couple, quand Michel, agacé, lui lance : « Je veux vivre ailleurs ! » et qu'elle lui répond immanquablement : « J'irai où tu y iras ! »

À l'heure où sort *Babacar*, oubliées ces rares escarmouches, le couple demeure en réalité aussi soudé qu'au premier jour, même si, au contraire de France, Michel ne se montre pas très expansif. Elle ne s'en plaint plus car elle s'y est habituée. Elle a compris depuis longtemps qu'il ne sait pas exprimer ses sentiments, parler d'amour ou lui faire un compliment. Mais, quand il s'approche d'elle, elle n'a aucun doute : « Tout, dans son regard, montre son attachement et son admiration pour moi ! »

Si l'épouse est comblée, la chanteuse ne l'est pas moins quand Berger lui écrit *Ella, elle l'a*, une chanson à laquelle il pensait depuis dix ans et qui figure aussi dans *Babacar*. Elle rend hommage à la fois à la grande chanteuse de jazz Ella Fitzgerald et sublime le talent de France.

Ce titre est soutenu par un magnifique clip en noir et blanc auquel Ella Fitzgerald ne participe malheureusement pas : « Nous lui avons demandé d'y figurer, raconte France à *Libération*, mais c'était impossible. Elle se remet très mal de son opération du cœur. Elle est en train de mourir de ne plus chanter. »

La chanson remporte un immense succès, en France comme à l'étranger, du Canada à la Russie, où elle se vend à près de 500 000 exemplaires. Une pure folie !

Ella, elle l'a,
Ce je n'sais quoi,
Que d'autres n'ont pas,
Qui nous met dans un drôle d'état[1]...

Le spectacle de France n'étant prévu, pour six semaines et demie au Zénith, qu'à partir du début novembre, toute la famille part en vacances et la chanteuse en profite pour entamer une stricte remise en forme :

« Je ne bois presque jamais de vin, mais là, plus même un petit kir avant le déjeuner, moi qui suis d'origine bourguignonne ! Je n'ai pas droit au sucre ni aux féculents. Le jeu en vaut la chandelle, même si je me sens physiquement assez fragile. Je souffre d'hypertension et je me fatigue plus vite qu'autrefois, confie-t-elle en septembre à *Télé-Loisirs*. Bien sûr, j'ai vieilli, mais dans ma tête, j'ai toujours dix-huit ans ! J'ai gardé la fraîcheur et l'enthousiasme de cette époque. Et je suis tellement impatiente d'être sur scène ! » En attendant, elle répète soigneusement son show qu'elle inspecte jusqu'à l'emplacement des sièges de la salle. « Cela me rend folle de penser que des gens ont payé et ne vont peut-être rien voir ! Un spectacle, c'est un tel acte d'amour. »

Arrive le grand jour de la première. France apparaît dans une tenue juvénile, une mini-robe noire sur des collants de même couleur, baskets blanches aux pieds, cheveux longs relevés et savamment ébouriffés. La tenue est en parfait accord avec celle de son jeune public, tout comme est parfait le spectacle. Sous des néons multicolores, France est entourée d'une troupe de danseurs déchaînés, de

1. *Ella, elle l'a*, paroles et musique de Michel Berger, Éditions Apache France.

ses musiciens habituels, d'une section de cuivres américaine, les *Phoenix Horns*, et, pour l'accompagner dans *Babacar*, d'une pléiade de tambours venus d'Afrique, dirigés par Doudou N'Diaye Rose. Le tout génère une fête de deux heures à laquelle la salle adhère passionnément.

La critique unanime encense comme jamais le talent de la jeune femme. Des journaux, comme *Le Figaro*, *Le Parisien*, assurent qu'elle est au sommet de sa gloire et France, qui d'habitude ne prête pas trop attention à ce qu'on écrit sur elle, se dit que cette fois les journalistes ont peut-être raison. Elle ne voit pas ce qu'elle pourrait faire de mieux, estimant qu'elle est allée au bout de ses possibilités artistiques. Elle s'est donnée au maximum, consacrant jusqu'à l'épuisement toute son énergie à ce show. Ça, justement, elle ne le veut plus. Ces derniers mois, elle a réalisé que, pour être la meilleure possible sur scène, elle n'a pas pu donner la force et le temps qu'elle souhaiterait à ses enfants. « Pauline est si fragile, confie-t-elle aux médias, sans jamais évoquer la maladie de sa fille. Je m'inquiète pour elle, car elle est peu armée pour affronter la vie. Quant à Raphaël, il déteste ce métier qui lui vole sa mère. Lorsqu'on lui demande comment s'appelle sa maman, il répond immédiatement : Isabelle Hambürger. Au moins, cette maman-là, personne ne peut la lui prendre ! »

Ce que France ne dit effectivement pas, c'est que la maladie de sa fille progresse de jour en jour. « Le secret était dur à porter pour moi et je n'en pouvais plus, racontera France en 1996 au magazine *Elle*. Mon métier ne pouvait m'emmener suffisamment loin de cela. Professionnellement, j'étais pleinement satisfaite. J'avais même remporté des Victoires de la Musique en 1987 et en 1988. Pourquoi vouloir plus ? Je savais que, de toute façon, de près ou de loin, je resterais toujours, dans la musique, celle de Michel. »

Avant la fin de sa série de concerts, la décision de France paraît même déjà prise : elle va tout arrêter ! Ce projet l'apaise. Un matin, elle l'annonce tranquillement à Michel.

« Je lui ai dit cela d'un ton banal, comme si j'avais parlé d'aller chez le coiffeur ! À sa tête, j'ai compris quel mal je lui faisais. Jamais je ne lui en avais fait, et là, c'était l'horreur », confiera-t-elle ultérieurement au producteur de télévision Didier Varrod.

Effectivement, Michel est affreusement blessé mais garde le silence face à France qui lui expose ses raisons. Il ne dit rien. Il ne dira jamais rien.

Au Zénith, le dernier soir, face à l'interminable *standing ovation* du public, France s'avance vers l'avant-scène, tend ses paumes rapprochées vers la salle et se contente de quatre mots sibyllins : « Vous êtes des anges ! »

Voilà, c'est fini. C'est sa façon de dire adieu aux spectateurs parisiens, même s'il y a encore une tournée à assurer dans nombre de villes françaises, mais aussi à Madagascar et à la Réunion, pour terminer en France, à Bourg-en-Bresse.

Le départ est pour mars 1988, et jusque-là, comme prévu, elle reprend son rôle de mère, organisant notamment avec fougue le Noël de ses enfants. Une fête essentielle pour elle et sa famille, puisque, chaque année, tout le monde participe à une véritable création artistique.

Michel compose traditionnellement une chanson spéciale pour ce soir-là, France en transpose le texte sur une jolie feuille que Pauline peint. Raphaël, lui, joue la musique au piano, tandis que Robert Gall en siffle la mélodie et que tous les autres se mettent à chanter. Le tout donne une œuvre éphémère dont la trace se perd ensuite dans la forêt de la mémoire de chacun... D'habitude, c'était en français, mais Michel ayant exprimé le souhait que ses enfants deviennent parfaitement bilingues, cette année, on « crée » dans la langue de Shakespeare.

France adore ces moments où le bonheur est comme suspendu. Perpétuellement inquiète au sujet de ses « petits », ils la rassurent.

« En fait, je ne suis bien que lorsque mes enfants dorment, confie-t-elle à Elisabeth Depardieu qui l'interviewe pour *Paris Match*. Je sais qu'il ne peut alors rien leur arriver. Alors, et seulement alors, je peux me décontracter. »

J'arrête, c'est décidé

Arrêter de travailler, arrêter d'être France Gall, arrêter tout. En mars 1988, c'est le credo d'une artiste adulée qui n'en peut plus d'occulter la femme et la mère. Quand on a besoin d'elle à la maison, quand Pauline réclame ses bras et toute son attention, le « métier » lui paraît horrible. Certes, quatre mois plus tôt, elle a pris du plaisir à entendre le Zénith reprendre en chœur son *Babacar*. Certes, en tournée de fin d'année, elle s'est nourrie des liens humains que tissait la musique, s'émerveillant que l'esprit des gens se mélange chaque soir dans les salles de concert. Mais, voilà, les *sunlights* remisés, les *flight cases* embarqués, c'est un salut final qu'elle rêve d'adresser aux leurres de l'apogée.

À la maison, la compréhension entre Michel et elle n'est pas au beau fixe. Pour lui, les mots et les notes, la poésie, les mélodies, c'est l'oxygène. S'arrêter, c'est devoir se placer sous respiration artificielle. Et puis la scène, c'est l'expression de soi-même : « Pourquoi me posez-vous toutes ces questions ? demande-t-il souvent aux journalistes. Toutes mes réponses, vous les avez dans mes chansons. » Pour lui, s'arrêter, c'est perdre la parole.

Et France, sa muse, son porte-voix, son vecteur féminin, comment pourrait-elle n'être plus là ?

Pendant quatre ans, sa belle partie au bois dormant, il va d'ailleurs demeurer en sommeil. Pas en repos. *Starmania* en tournée dans toute la France. *Starmania* en escale au Zénith. *Starmania* à Moscou. L'écriture de son nouvel album *Ça ne tient pas debout*. Celle de *La Légende de Jimmy*.

« Au fond, dit-il au journal *Libération* en 1989, je suis poussé au travail par une sorte de besoin viscéral. Comme si le fait d'avoir un don impliquait une responsabilité. Un don. Rien que le mot prouve que l'on n'a pas à en être fier. On a simplement reçu des choses et il faut s'en montrer digne. Mériter ce qu'on porte en soi. Voilà pourquoi l'insuccès m'angoisse. C'est comme l'amour. Si on ne sait pas le transformer en bonheur, à quoi sert-il ? Une chanson qui ne marche pas est une chanson inutile. Si elle n'a pas su communiquer, c'est qu'elle n'est pas réussie. Faire un disque, d'ailleurs, ce n'est pas en soi quelque chose de très intéressant. Ce qui est intéressant c'est que bien au-delà des chiffres, il fonctionne et que les gens l'aiment. »

*
* *

Pendant ces quatre ans, France se cherche. Elle s'octroie du temps, voyage, se ressource, réfléchit. Elle prend conscience de tous ces nuages que la vie accumule et dissimule habilement dans l'ombre des bonheurs apparents comme derrière les décors du succès. Elle a passé, en 1987, le cap de la quarantaine et peu à peu s'est installée en elle l'envie de faire le point, de se retrouver :

« Je m'étais perdue de vue depuis longtemps, sans m'en rendre compte, et dans le plus parfait bonheur. Ces quatre années m'ont aidée à faire le tri de tout ce que j'avais vécu en tant qu'épouse, mère et chanteuse et à revenir sur cette jeunesse qui m'était passée sous le nez[1]. »

Quelque chose se produit en elle. Profondément. Elle a toujours dépendu des autres, de son père, de Claude François, de Julien Clerc, et surtout de Michel, qui lui a écrit une nouvelle carrière et une vie de femme et de mère. Elle réalise maintenant, peu à peu, jour après jour, qu'elle a besoin de liberté, qu'elle a besoin de respirer sans aide. Elle ne se rebelle pas, non, c'est seulement après avoir arrêté de chanter qu'elle a envie de savoir vraiment qui elle est et de l'affirmer. Elle sent que, maintenant, elle devient adulte. Enfin.

*
* *

Le 16 mai 1990, son papa décède. Elle est profondément choquée par la disparition de celui qui l'a tellement aimée, tellement portée, soutenue.

Robert Gall était un homme simple, généreux, bon vivant, rieur, joueur, taquin. Elle l'adorait, même si elle avait dû repousser son autorité envahissante dans sa vie et dans sa carrière. C'est donc à la fois un affreux choc et un profond déclic. Il y a des cordons ombilicaux qui s'enroulent si fort autour de vous qu'ils vous étranglent un peu.

France, on l'avait faite femme avant qu'elle ne le soit réellement, on lui avait imposé son rythme de vie, on avait presque toujours tout décidé à sa place. Heureusement, il y a eu Michel. Mais, à lui

1. *Télé 7 Jours*, 1993.

seul, il n'a pas pu gommer ce qu'elle appelle ses « ratages » de jeune fille.

Maintenant, elle a acquis assez d'assurance pour prendre en charge sa famille. C'est elle qui décide de l'organisation des funérailles, au cimetière de Montmartre, et arrive à le faire dans la plus stricte intimité, sans que les médias soient au courant. Pas un photographe, pas une caméra.

France mûrit. Elle se sent forte. Même sa mère chérie, littéralement adorée, elle éprouve moins le besoin de la voir. À un moment donné, elle pense ouvrir une galerie de peinture. Elle envisage aussi de faire de l'édition musicale, de s'occuper d'un groupe qu'elle a découvert, les Charts, composé de plusieurs frères, tous *pizzaioli* (dont le futur Calogero). Mais Michel n'a pas changé d'avis. Il sait qu'outre lui et leurs enfants, la chanson n'a rien d'un hasard dans les bonheurs de sa femme. Après moult véhémentes mais constructives confrontations, il la convainc d'y revenir en une phrase : « C'est tout de même bête que tu ne te serves pas de tout ce que tu as appris ! », que citera France dans *L'Express* en 2004.

Ces mots font *tilt* dans la tête de la jeune femme qui comprend qu'elle n'a pas réussi à trouver autre chose à faire d'essentiel et que sa destinée est peut-être tout simplement de chanter. Alors, elle va chanter à nouveau.

*
* *

Après neuf mois de travail, Michel et elle accouchent d'un disque, *Double Jeu*, qu'ils ont produit ensemble, ce qui est une grande première pour elle. La conception n'en a pas été simple, car France voulait des musiques déstructurées, dérangeantes et elle s'est d'abord confrontée au total désaccord de son compositeur de mari ! Mais quand femme veut...

« J'ai réussi à lui imposer nos deux voix très fortes, malgré nos timbres diamétralement opposés. C'était une nouvelle manière de travailler, douloureuse pour lui, car il s'accrochait à des titres qui, pour moi, semblaient tout droit sortis du passé. Moi, je voulais du neuf ! », confie-t-elle à *Paris Match*, en 2004.

L'album, solide comme du « rock », étonnant et détonnant, est composé de dix duos, comme *Les Élans du cœur*, *Superficiel et léger*, *Bats-toi*..., des chansons qui ne comportent pas de refrains et dont les mélodies ne sont pas évidentes à la première écoute, car effectivement différentes de la production habituelle de variétés.

À une dizaine de jours de leur show de présentation d'album au New Morning, prévu pour le 22 juin, date anniversaire de leur mariage, France n'a pas un moral d'acier. « Michel, explique-t-elle, a épousé quelqu'un qui devient quelqu'un d'autre. C'est difficile. » Pendant presque quatre années de « retraite », elle s'est attaquée à quelque chose de plus complexe que tout : elle-même.

Derrière ses lunettes noires qu'elle a portées comme un écran, elle a soigné ses bouffées de mal-être avec deux remèdes : la détermination et une quête inédite de solitude. Selon l'une de ses expressions favorites, elle en est sortie moins « idiot-bête » mais plus sensible que jamais. Elle se dit terrassée par ce qui se passe dans le monde et avoue rêver que la réalité soit fausse. Elle a bien pensé que sa lutte pourrait faire l'objet d'un livre mais elle ne veut pas qu'on scrute sa vie et ne supporte plus le regard des inconnus. Sa vie ? « Bien moins enrichissante que celle d'un savant », dit-elle, confiant qu'elle aurait aimé avoir « la plastique de Bardot, l'humour de Colette, l'énergie de Jeanne d'Arc, l'intelligence de Marie Curie » et qu'elle désire qu'on voit enfin le mal qu'il y a en elle !

*
* *

Ce 22 juin 1992, donc, l'ambiance est chaleureuse au New Morning. On trinque à la fois aux seize ans de mariage du couple et à son dernier-né, cet album *Double Jeu* qui va engendrer la tournée « Double Tour » dont le point de départ sera La Cigale et celui d'arrivée, Bercy.

Tous les regards se focalisent sur France qu'on redécouvre après sa longue absence. Son look surprend, notamment sa coiffure particulièrement « choucroutée ». Visiblement, le complexe qu'elle avait fait, adolescente, quand on avait raillé son chignon à la Bardot, a disparu. Elle porte d'ailleurs le vêtement « rassuré », autant que rassurant : gilet à grosses mailles et pantalons façon collants.

Avec Michel, ils semblent très complices, même si ce dernier se tient un peu en retrait. Ils offrent un avant-goût de leur avenir à une salle bondée d'amis et de journalistes. L'humour qui les lie dans la vie se traduit sur scène par une sorte d'hilarité contenue revigorante.

Chacun sent que le public va massivement se mobiliser pour… laisser passer les rêves ! C'est d'ailleurs le titre du premier extrait de cet album :

Plus on avance, plus il nous faut d'espace,
À force de manquer d'air,
Il nous faut le paradis pour oublier l'enfer[1]…

1. *Laissez passer les rêves*, paroles et musique de Michel Berger, Éditions C.M.B.M.

« Au milieu de l'enregistrement de ce disque, j'ai dit à Michel : “Fais-moi autre chose.” C'est cette chanson-là qui lui est venue après s'être envolé huit jours pour travailler à Los Angeles, dans une chambre d'hôtel, sur un clavier. J'ai découvert le résultat en studio, en même temps que les musiciens et j'ai été décontenancée. J'ai compris que c'était exactement ce que je voulais entendre. J'ai eu du mal à apprendre le morceau, mais Michel m'a laissée diriger nos voix, ce qui n'a pas été difficile car nous chantons pareil, dans le phrasé et dans l'intention[1]. »

Une autre chanson leur tient particulièrement à cœur : *La Petite de Calmette*, dédiée à leur fidèle employée et amie Nane, qu'ils viennent d'emmener en voyage dans son pays natal.

« Nous ne sommes pas revenus intacts de ce séjour au Cambodge. Tant de souffrances et tant de beauté sur une même terre, chez un même peuple. Nous avons passé notre temps à être à la fois horrifiés et éblouis. Cette chanson rend hommage notamment aux médecins de l'hôpital Calmette, et la voix que l'on entend est celle de Nane qui, en 1980, est entrée dans notre maison pour y rester. C'est pour tenter de retrouver sa famille décimée par les troupes de Pol Pot que nous sommes partis avec elle[2]. »

La petite de Calmette s'endort,
Avec les marques sur son corps,
Des derniers combats de la route du Nord[3]…

---

1. Livret de la compilation *Évidemment*, Warner Music, 2004.

2. *Paris Match*, 1992.

3. *La Petite Calmette*, paroles et musique de Michel Berger, Éditions C.M.B.M.

Vers le paradis blanc

Ce premier jour du mois d'août 1992, France est à la plage pour une petite séance de bronzage. Slalomant entre les matelas et les parasols, une femme s'approche d'elle et lui propose de lui lire les lignes de la main. Habituellement, elle éconduit ce genre de demande avec un sourire déterminé. Cette fois, se sentant dans une période un peu trouble, elle accepte.

La cartomancienne s'agenouille et commence à scruter sa paume. Soudain, elle relève les yeux vers France et lui dit ces mots que la jeune femme racontera à *Paris Match* quelques jours plus tard :

— Ça va venir maintenant !

— Quoi ? Qu'est-ce qui va venir ? l'interroge France.

— Vous entrez dans l'immortalité, lui répond la femme.

France se sent partagée entre un sentiment de gêne et une montée d'hilarité. Elle ironise :

— Ce n'est quand même pas avec ma carrière de chanteuse que je vais entrer dans l'immortalité… Et vous dites que cela va se passer maintenant ?

La voyante plonge à nouveau son regard dans la main de France et délivre un verdict formel :

— En effet !

Ce n'est que le lendemain midi, avant d'accueillir un journaliste copain dans leur villa de Ramatuelle, que France raconte l'anecdote à Michel. Son commentaire spontané est incroyable :

— Je suis intéressé de savoir ce que l'immortalité va choisir.

Mais l'histoire de cette journée du 2 août, si particulière et si triste à la fois, démarre quelques semaines auparavant...

— Ce que j'adorerais, c'est faire ma première émission *live* de l'été avec vous deux. Depuis trois ans et la scission de Radio Spi devenue, d'un côté, Radio Saint-Tropez et, de l'autre, Radio Services, premier réseau FM du Sud de la France, là où je suis resté et où j'œuvre au mois d'août, nous avons déserté la place des Lices, le « m'as-tu-vuisme » des stars de pacotille et le voyeurisme des badauds en tongs, pour nous installer, le temps du festival de Ramatuelle, sur la délicieuse place de l'Ormeau où Jean-Claude Brialy me rejoint chaque jour. L'infrastructure est très légère, le ton convivial et chaleureux, on boit trois gouttes de pastis avec du sirop d'orgeat comme le faisait Gérard Philipe dont l'âme, vous le sentirez, est encore présente. Cela va vous prendre deux heures en tout et pour tout. Voilà, si vous voulez me faire plaisir, je vous attends lundi, aux alentours de 18 h 30.

Aussitôt prononcée la requête d'Alain Morel, alors grand reporter au *Parisien* et collaborateur de plusieurs magazines, France et Michel s'interrogent mutuellement du regard. Celui de France arbore un soupçon de tendresse complice et incitative. Celui de Michel une tonne de désarroi spontané, déjà coupable, tellement désemparé.

France vient à son secours :

— Mais, sur ta place de l'Ormeau, il y a des gens qui regardent, de la foule autour ?

— Oh, très peu. On prend trois tables du café de l'Ormeau qui est, comme tu sais, dans un renfoncement que personne n'envahit. Il y a évidemment des gens à la dizaine d'autres tables, c'est tout. Les autres passants écoutent l'émission sur la place, grâce à des haut-parleurs qui la diffusent en direct. Vous verrez, c'est super-cool !

« Vous verrez... » Ce futur a un effet dévastateur. Le sourire un tantinet malicieux qui l'accompagne transforme la perplexité de Michel en un début d'angoisse désarmant. Une nouvelle fois, France lui sert de porte-parole.

— Le problème c'est que Michel est totalement agoraphobe. Ça m'arrive aussi, d'ailleurs... On va être tendus, mal à l'aise. Il doit y avoir une autre solution... Pourquoi tu ne viendrais pas la veille passer la journée à la maison ? Tu pourrais enregistrer l'émission et préparer tes papiers pour tes autres journaux. Et puis ça nous donnerait l'occasion de passer un peu de temps ensemble.

De toute évidence, la proposition vaut décision. Le journaliste l'accepte donc sans hésiter, dessinant ainsi sur le visage de Michel le plus lumineux des sourires de soulagement.

Ce dimanche 2 août 1992, il est environ quatorze heures quand France et Michel s'activent conjointement pour débarrasser la table dressée dans le jardin.

France propose d'aller faire un café puis qu'on enregistre tout de suite l'émission afin d'être « tranquille le plus vite possible ». Michel acquiesce et se tourne vers la mer en fermant les paupières.

— C'est ce calme que tu apprécies, ici ?

— C'est un havre de paix. Un privilège exorbitant... Celui de pouvoir profiter d'un endroit qui fait courir le monde tout en se retranchant des plaisirs factices et des pressions en tous genres !

Il prend alors son hôte par le bras et l'entraîne faire quelques pas. Il semble en veine de confidences.

— Le seul problème, regarde en contrebas du jardin, c'est qu'on est la cible privilégiée d'une meute de sangliers noctambules. Tu vois, ils ont fait des dégâts inouïs. On ne va même pas avoir le temps de s'en occuper avant le départ.

— Mais vous partez quand ?

— Demain. Je le regrette, parce que j'aurais adoré aller au Festival voir Jacques Villeret dans *La Contrebasse*, la fameuse pièce à succès de Patrick Süskind, et écouter *Le Mystère des voix bulgares*. Mais le « devoir » nous appelle !

— Avant l'été, vous aviez l'air très soucieux, tous les deux ?

— Tu sais, nous les artistes demeurons un peu des ados attardés, et notre époque est redoutable pour les adolescents. Son postmodernisme, synonyme d'exploitation et d'indifférence m'affole !

— Au fait, où en êtes-vous avec *Starmania* ?

— Justement, si je me suis donné tant de mal pour que le spectacle soit monté à Londres, c'est parce que je souffre du côté volatile de la chanson. C'est fabuleux qu'une œuvre puisse survivre à son exploitation commerciale, qu'elle puisse franchir des frontières. *Starmania* à Londres, tu peux l'annoncer, c'est quasiment fait. Le disque est en boîte et s'ils acceptent de comprendre qu'il s'agit d'un opéra rock sans le stress de leurs comédies musicales habituelles, je vais être le plus heureux des hommes. Comme je l'ai été quand certains, comme Johnny, ont repris mes chansons. Avec *Diego,* il m'a fait frissonner !

— Il va bien. Johnny ? Il avait l'air un peu fatigué ces derniers temps.

— Il est venu déjeuner à la maison avant-hier. Avec nous, il a toujours été adorable. Je lui en ai d'ailleurs fait la remarque et il m'a répondu : « Chez toi, je me tiens bien ! » En fait, avec lui, comme avec ceux qui pratiquent ce métier tel que nous le concevons, nous avons toujours entretenu de vrais rapports humains. On n'est pas Michael Jackson ! Plein de gens me croient distant, blasé, froid, docile mais je crois être tout le contraire. Pudique, d'accord ; distrait, sûrement ; ce qui me fait traiter par France de professeur Tournesol ; mais j'ai aussi une vraie révolte contre les faux-semblants et contre un monde injuste où il est trop difficile d'être complètement heureux !

— Bon, on y va les garçons ?

Le café est prêt. Il nous reste à ouvrir les micros...

Les quelques extraits qui suivent, sans doute l'ultime dialogue du couple, symbolisent l'atmosphère étrange, entre heure des bilans et quête de renouveau, qui règne alors dans la maisonnée.

Alain Morel : En général, vos vacances sont plutôt calmes. Vous ne sortez pas beaucoup dans les endroits de la région dits à la mode ?

France Gall : Nous ne sommes généralement pas là en août. Nous n'avons donc jamais eu l'occasion d'assister au festival.

Alain Morel : Comment vivez-vous dans la maison l'été ?

Michel Berger : Tranquilles, il n'y a pas chez nous de grandes tablées de dix personnes tous les jours. On est plutôt sauvages. Ce qui est formidable dans cette région, c'est qu'on trouve des gens qui sortent dans les boîtes, qui voient beaucoup de monde, qui ont beaucoup d'amis, et qu'on peut en même temps rester dans sa maison très tranquillement. Ramatuelle, c'est comme ça. Beaucoup de gens vivent dans leur maison, dans leur coin, très heureux.

Alain Morel : Combien de temps allez-vous rester tranquilles dans la maison ?

Michel Berger : Nous partons dans quelques jours, mais nous venons assez souvent hors saison. C'est un endroit merveilleux l'hiver.

Alain Morel : France, vous allez avoir un hiver très chargé...

France Gall : Une année très chargée. Nous commençons le 7 octobre, à la Cigale. Après, nous irons chanter dans des endroits où nous avons toujours eu envie d'aller, comme Phnom Penh, Hanoi, Shanghai, Dakar. Cela va s'étaler sur toute l'année. Nous ferons aussi une tournée en France et peut-être une grande salle... Je ne suis pas d'accord avec Michel quand il dit qu'on est plutôt calmes. Cette année, c'est vrai qu'on reste volontiers dans l'intimité, mais sinon c'est plutôt les grandes tablées. Certaines années, la maison est pleine. Il y a toujours des amis qui dorment, qui passent. Dans toutes les maisons alentour, il y a des amis. Donc on se reçoit les uns les autres, ce qui fait le désespoir des restaurateurs.

Michel Berger : Je ne vois pas cela comme ça.

France Gall : Il n'y a jamais assez de monde à la maison pour Michel. Il aime bien quand il y a beaucoup de passage.

Alain Morel : Vous avez fait beaucoup de choses cette année. Vous avez enregistré des disques collectifs pour de grandes causes humanitaires, vous avez participé aux travaux de la fondation Balavoine. J'ai lu quelque part, France, que sans renoncer à ce genre d'action, vous aviez l'intention de poursuivre de façon plus anonyme.

France Gall : Il y en a un peu marre. Maintenant, pour un oui, pour un non, on vous demande de faire un disque. Ça n'a plus aucun poids. Tout le monde fait un disque pour tout. Il y a toujours de la bonne volonté, mais je me méfie beaucoup des gens de bonne volonté. Je n'ai plus envie de me montrer comme ça. J'ai eu plusieurs fois Michel Gillibert au téléphone, parce qu'on a fait des choses ensemble. Je lui ai dit : « Maintenant, c'est fini. Je veux bien collecter des enveloppes mais je ne veux plus aller à la télé. »

Michel Berger : C'est compliqué, car on ne peut pas non plus faire une croix sur tout. Le disque sur le sida, par exemple, c'est bien. Il est bon que des choses soient faites qui puissent faire parler les gens sur certains sujets. L'important n'est pas seulement de rapporter de l'argent, c'est aussi d'en parler. Mais il ne faut pas non plus que ce soient les mêmes tout le temps. De plus, dès qu'on refuse quelque chose, on vous demande : « Celui-là, pourquoi vous ne l'avez pas fait ? »

Alain Morel : France, je suis étonné de vous découvrir à Ramatuelle. Je vous pensais définitivement au Sénégal.

France Gall : L'été – en fait, pour là-bas, l'hivernage –, il fait très lourd. Et puis ma maison est en travaux. Venir ici au mois de juillet est devenu une habitude. Pour les enfants, il est important de retrouver un endroit régulièrement à la même époque, le même endroit, les mêmes amis. Quand j'étais petite, j'allais toujours au même endroit. C'est agréable. Ça vous fait des souvenirs pour plus tard.

Alain Morel : Le Sénégal, c'est « le » coup de foudre ?

France Gall : Ça fait très longtemps que j'y vais, mais il y a seulement quelques années que je suis attachée à ce pays, et à l'Afrique. Maintenant, c'est devenu indispensable. Quand je n'y vais pas pendant deux ou trois mois, j'ai vraiment envie d'y retourner.

Alain Morel : On vous y appelle « la négresse blonde ». C'est aussi le titre d'une des chansons de l'album. Michel, c'est vous qui avez trouvé ce surnom ?

Michel Berger : Non, c'est France qui m'en a parlé. J'ai été frappé de ce nom qu'on lui avait donné là-bas. J'ai d'ailleurs découvert que ce n'était pas très original. Un livre et un film ont été appelés *La Négresse blonde*. Cela existe depuis longtemps. C'est assez amusant, l'idée qu'il peut y avoir des mélanges.

Alain Morel : Vous avez un autre endroit à vous quelque part dans le monde ?

France Gall : On le cherche. On l'a cherché il y a quelques mois.

Michel Berger : Je suis souvent allé en Angleterre et aux États-Unis, où nous avons enregistré *Starmania* en anglais. Je commence à m'y sentir bien, surtout aux États-Unis, parce que la musique fait partie totalement de la vie et que ça me rend très heureux.

Alain Morel : Côté Ouest ?

Michel Berger : Même à New York, qui est une ville beaucoup plus dure. Ce que j'adore là-bas, c'est le contact avec les musiciens, tous les gens qui touchent à la musique. J'ai vraiment l'impression qu'il y a une autre manière de voir la musique. Cela me fait du bien. Je me ressource beaucoup dans les rapports que je peux avoir avec les musiciens et tous les gens qui sont dans le domaine de la musique, là-bas.

Alain Morel : Ces dernières années, quand on évoquait vos retours à la scène, vous sembliez vouloir prendre un peu de recul. Finalement, vous revenez tous les deux complètement ensemble, presque en osmose.

Michel Berger : Il y a longtemps que nous le voulions. France n'avait plus envie de faire des disques toute seule. J'ai davantage envie d'écrire. Les chansons, c'est très volatile, ça disparaît assez vite. Nous avons trouvé cette manière de repartir à l'aventure. C'est une aventure que de faire un disque à deux, avec une musique un peu différente.

Alain Morel : France, pourquoi ne vouliez-vous plus monter sur scène ?

France Gall : J'avais le sentiment d'être allée au bout de quelque chose, au bout de ma carrière artistique. Le dernier spectacle que j'avais fait, je l'avais adoré. Nous avons réuni sur scène la musique africaine, des musiciens américains, français. J'avais l'impression que c'était un aboutissement. Je ne voyais pas ce que je pouvais tenter de plus qui me rendrait encore plus heureuse que le spectacle et l'album *Babacar*. Il a fallu que nous abandonnions un peu nos personnalités pour devenir une seule et unique personne. Nous voulions vraiment que ça ressemble à un groupe. Nous ne voulions pas qu'on reconnaisse nos voix. Il fallait que nous trouvions un son qui se mélange bien.

Alain Morel : C'est un travail qui vous a pris neuf mois... Maintenant que l'enfant est né, il ressemble plus à son père ou à sa mère ?

Michel Berger : Je pense que c'est un mélange. L'écriture est signée du père, une grande part de la direction du disque a été faite par la mère. Si j'avais composé ce disque tout seul, ça n'aurait pas été ce disque-là...

Alain Morel : Vous avez fait entre amis, il y a quelques semaines, une petite soirée, à Paris, au New Morning, pour vous essayer sur scène et montrer à vos amis les chansons de l'album. C'était évidemment une soirée intimiste. On murmure que le spectacle sera lui aussi à cette image.

France Gall : Oui, nous en avons très envie. D'ailleurs, le choix de La Cigale est assez symbolique. Il y a, pour nous deux, une espèce de lassitude envers les énormes spectacles. La scène, c'est communiquer quelque chose aux gens. On a envie de se ressourcer avec des gens proches de nous.

Alain Morel : Michel, il y a quelque temps, vous aviez, à titre personnel, des projets de cinéma. Où en êtes-vous ?

Michel Berger : J'ai été obligé de remettre à plus tard un certain nombre de choses pour faire ce disque et la scène qui va aller avec. Cela ne me rend pas malheureux, car le sujet du film que je voudrais réaliser n'est pas d'actualité. Ce n'est donc pas un problème, mais cela fait vraiment partie des choses que j'ai envie de faire dans les années qui vont venir.

Alain Morel : Et vous, France, à une certaine époque, vous envisagiez de vous tourner vers la mise en scène de spectacles. Vous avez d'ailleurs déjà participé à des mises en scène. C'est oublié ?

France Gall : En fait, je ne sais pas si je serais capable de réaliser des spectacles. Je suis quelqu'un d'assez dirigiste. Et donc assez faite pour diriger. Mais cela ne suffit pas. Je crois que je ne serais pas capable d'y arriver toute seule. Quand Michel travaillait sur *Starmania*, c'était intéressant. J'étais là tous les jours. Monter un spectacle comme cela me passionnerait, mais j'aurais besoin soit que Michel soit là, soit de travailler avec quelqu'un d'autre. Je ne pourrais pas décider toute seule. C'est un vrai métier, et je n'y ai pas beaucoup travaillé. Pour l'instant, je considère que j'apprends encore.

Alain Morel : Qu'avez-vous fait pendant ces deux ou trois ans où l'on n'avait plus de nouvelles de vous ? Pour Michel, on a su, mais, pour vous, on ne savait rien. Est-ce un secret ?

France Gall : Non. J'ai beaucoup pensé. J'ai pas mal suivi Michel. Nous sommes partis faire de grands voyages à l'autre bout du monde, voir d'autres horizons. J'ai deux enfants, comme vous le savez. Je crois qu'ils sont bien dans leurs baskets. C'est grâce au temps que je leur ai consacré[1].

Micro refermé, interview en boîte, on réalise soudain qu'on a fait une bêtise. Deux fois au moins, sur la bande, Michel ou France parlent d'aujourd'hui dimanche. Or l'émission ne sera diffusée que le lundi et il ne faut pas donner aux auditeurs l'impression qu'elle est pré-enregistrée. Il faut donc réenregistrer quelques phrases.

De même, sur le livre d'or que doivent dédicacer les invités, Michel et France apposent de bonne grâce la date du lendemain. Si, un jour, quelque historien de la chanson tombe sur ces deux documents, il en déduira sûrement qu'il y a eu une incroyable erreur commise quant au certificat de décès de Michel Berger.

Mais, pour l'heure, chacun s'en amuse et reprend le cours d'une conversation bon enfant au cours de laquelle France relate une anecdote troublante. La veille, en effet, à l'issue d'un déjeuner ici même, entre amis, Michel a soudain glacé ses

1. Entretien avec Alain Morel, août 1992.

hôtes en leur déclarant subitement et sans aucune raison apparente : « Moi, je m'en fous de ce qui se passe après la mort. »

Puis les époux se chamaillent un peu sur le programme de la soirée à venir. Leur copain Étienne Chicot joue dans une pièce de Shakespeare à Ramatuelle. L'un souhaite y aller, l'autre pas.

Quand, l'heure du *five-o'clock* passée, le journaliste prend enfin congé en escortant Michel, vêtu d'un short blanc et d'une chemise verte, jusqu'au court de tennis où il va jouer seul contre deux amies, il ne sait toujours pas s'il doit lui dire : « À bientôt » ou « À tout à l'heure. » Il ne peut imaginer qu'il aurait fallu lui dire « Adieu » !

La partie de tennis se déroule parfaitement bien pendant presque trois quarts d'heure, puis Michel ressent comme un coup de couteau dans la poitrine et quelques nausées. Il fait encore un peu chaud et il a mal dormi la nuit précédente. Il décide d'arrêter.

À la maison, ses deux amies et France s'inquiètent, mais la douleur s'est évanouie et il pense qu'un bain va le détendre. Dans la baignoire, nouveau coup de poignard suivi d'élancements constants. Cette fois il s'inquiète à son tour, sort de l'eau à grand-peine, enfile un peignoir et va s'étendre sur son lit en acceptant que France appelle le médecin de garde. La douleur est extrêmement vive et tenace mais s'estompe à nouveau quelques secondes à peine avant l'arrivée du docteur.

Michel décrit ses symptômes, avale un comprimé et donne son feu vert pour les examens immédiats qu'on lui prescrit. Le médecin appelle donc aussitôt le SAMU équipé en appareils. Mais Michel est victime d'une troisième attaque cardiaque en à peine une heure. Et elle est fatale.

Michel est mort. Le jeu de la vie vient de s'arrêter. France a perdu son double.

Mort. Michel est mort !

*

* *

Dans le magazine *Elle*, en avril 1993, à Alix de Saint-André, France raconte ces terribles moments de façon plus que poignante : « Je ne pourrai jamais me remettre d'une chose pareille, jamais. Ça a eu beau se passer dans le plus grand calme, dans le plus grand silence, cela a été d'une violence inouïe. Une violence inouïe dans le silence. Et c'est une idée tellement inacceptable qu'on se demande comment on est vivant après. Parce qu'il faut qu'on vous le dise, vous le voyez, mais non, non, non, ce n'est pas possible, on ne peut pas le croire… Et quand on vous le dit en face, "il est mort", on pense qu'on va vraiment mourir, juste de recevoir ça, cette information-là. Ces trois mots-là. Ça, aussi, c'est d'une violence extrême. D'abord il y a la menace de ce que j'ai vu, dans le calme, dans le silence de ces trois mots. Quand on me l'a dit, j'ai vraiment cru que j'allais exploser, que tout mon corps allait éclater en lumière, que j'allais exploser, paf ! Tellement c'est monstrueux. Et je trouve ça incroyable d'être là, aujourd'hui, à en parler. »

Veuve, un mot inadmissible

Après la mort de Michel, France s'enferme dans un silence médiatique total et ne sort plus de chez elle pendant près de trois mois. Un matin, pourtant, elle se lève en proclamant : « Je vais faire Bercy, comme on l'avait prévu avec Michel ! Les dates du 1er au 6 juin étaient réservées, je les garde ! »

Mais elle n'annoncera sa décision qu'en décembre de cette année 1992. En joueuse de poker accomplie, elle sait que celle qui distribue a le droit au temps. Et elle en a besoin, pour se tenir debout. Ses premières « sorties » s'avèrent d'ailleurs catastrophiques. Au concert de Johnny puis à celui de Catherine Lara, où elle est là en tant que spectatrice, elle passe son temps à pleurer et doit partir au milieu des spectacles. « Veuve »... rien que ce mot lui est inadmissible. Michel lui manque pour tout. Son avis, sa pensée, son intelligence.

Leur dernière année, pourtant, a été quelque peu... folklorique. Après presque deux décennies d'harmonie, le couple a connu ses premières dissonances. France a mûri, changé. Michel l'admet mal. Ou, plutôt, met du temps à l'admettre. Ils ont passé de longs moments à plusieurs milliers de kilomètres l'un de l'autre. L'album *Double Jeu* a été le fruit de grosses dissensions entre eux et Michel a dû plusieurs fois remettre l'ouvrage sur le métier. Le disque qu'elle voulait, plus tout à fait du Berger, pas seulement du Gall, il l'a réussi presque contre son gré, contrariant ses inclinations naturelles pour en faire la plus belle des preuves d'amour. L'eau de rose s'est évaporée. Le couple a compris que le bonheur n'est jamais simple et s'apprête à construire son éternité soudé par les mêmes valeurs et le même humour.

Et puis l'horreur est arrivée, laissant derrière elle un vide incroyable. Un peu plus de deux ans après avoir perdu son père, France a vu partir sa moitié d'elle-même, son mari-amant, grand enfant génial, son « professeur Tournesol » dont le sérieux et le côté sinistre comblaient de joie, tout autant que ses rires, ceux qui le regardaient vivre.

Assommée, comme anesthésiée, France s'est alors épatée elle-même de parvenir à tout assumer, à tout assurer... C'est elle qui règle tous les problèmes, qui accueille tous les proches, qui fait les honneurs de sa maison de Ramatuelle à Jean-Jacques Goldman en lui faisant visiter toutes les pièces, qui téléphone à Alain Morel pour lui dire qu'il peut et doit diffuser l'émission de radio et la grande interview pour la presse qu'il a mises en boîte quelques heures avant le drame. C'est elle qui gère avec autant d'inspiration magistrale que d'amour la détresse de ses enfants.

Ce n'est pas la veuve mais la mère qui prend son désarroi à bras-le-corps, qui ouvre les hostilités contre la fatalité. Comment gérer le chagrin de ses petits ? Voilà ce qui l'obsède. C'est abominable d'avoir à annoncer à ses enfants que leur papa est mort. France se sent étrangement investie d'une force venue d'ailleurs. Michel, elle le sent, est là, près d'elle, et la guide, l'escorte, l'épaule. C'est sûrement lui qui lui conseille de choisir un autre endroit que la maison pour leur apprendre l'horrible nouvelle. Il ne faut pas qu'ils haïssent cet endroit où ils ont été si heureux, si insouciants.

Pauline revient de Noirmoutier et Raphaël de la montagne. Dans les trains de leur retour, il n'a pas été aisé de leur cacher la vérité, la mort de Michel s'affichant aux unes de tous les quotidiens sur les quais de gare.

« Leur souffrance, dira-t-elle plus tard à *Ciné-télérevue*, ça dépasse tout ce qu'on se croit capable d'assumer. Leur refus d'admettre les choses aussi. C'est pour ça que je les ai forcés à assister à l'enterrement. Ils ne voulaient pas, mais il fallait qu'ils voient... qu'ils croient. Je les avais préparés comme j'ai pu à l'incontournable mur des appareils photos. Ce jour-là, ils sont devenus des personnages publics, ce qui leur avait toujours été interdit. »

Ce jour-là, le 6 août, au cimetière de Montparnasse, sous un soleil violent, la foule semble tétanisée. Les stars aussi, venues nombreuses. Au milieu d'une tonne de roses et de lis blancs, on voit la somptueuse gerbe de François et Danièle Mitterrand. Jack Lang représente le gouvernement et c'est Jacques Attali qui prononce l'oraison. Une de ses phrases résume l'ambiance : « Le temps est à la colère, à la rage, à la révolte ! »

Véronique Sanson est là, près de Patrick Bruel en larmes, de Souchon et Voulzy, de Gérard Lenorman, de Françoise Hardy, de Michel Jonasz. Tant d'autres artistes encore... Jacques Attali a gardé la parole : « Ce Pierrot lunaire a influencé le goût musical de toute une génération... »

Pauline ne lâche pas le bras de sa mère, ni la main de son parrain, Luc Plamondon. Raphaël, d'une dignité exemplaire, porte une chemise blanche un peu trop grande pour lui et arbore à son poignet une montre d'adulte. La chemise et la montre appartiennent à son papa. Les deux enfants ont respectivement treize et onze ans. Les jours suivants, France leur fait réécouter tous les disques de leur père. Elle lit avec eux tous les articles publiés sur leur tragédie familiale. Elle veut les aider à faire leur deuil. Mais si cela les apaise un peu, cela crée aussi un nouveau problème, car ils ne veulent plus que leur mère continue à chanter, ni qu'elle remonte sur scène. Ce métier, la vie aussi, pour eux, désormais, c'est dangereux. Elle comprend qu'il est nécessaire qu'elle passe du temps avec eux, loin de tout. Ce sera à Dakar, à Noël. Il n'y aura qu'eux trois.

Mais avant, elle part pour l'Afrique du Sud en compagnie de son ami Jean-Marie Périer et d'une équipe de tournage pour réaliser le clip de *Superficiel et léger*, qui doit être le deuxième single extrait de *Double Jeu*. « France est une femme magnifique, qui est formidablement tournée vers la vie sans renier sa peine », confie-t-il à son retour au journaliste Richard Cannavo.

La chanteuse a décidé de se battre pour cet album qui les a passionnés, qui aurait pu les séparer, et qui avait fini par les souder de plus belle. Pendant les vacances de Noël passées au Sénégal avec Pauline et Raphaël, des heures de conversation calme leur ont permis d'admettre que leur mère monte sur la scène de Bercy, quelques mois plus tard.

Pour les convaincre ou, plus exactement, pour ne rien faire contre leur gré, France les implique. Désormais, ils participeront à tout. Ensemble, ils choisissent le répertoire ; ensemble, ils participent aux premières répétitions. C'est Pauline, par exemple, qui veut qu'elle chante *Seras-tu là ?*

Elle leur explique surtout qu'elle ne relève pas ce nouveau défi pour qui que ce soit d'autre qu'elle. Elle leur dit le bonheur qu'elle éprouve à faire revivre les chansons de leur père. Elle dénonce l'esprit des gros titres de la presse qui, évidemment, parle de « défi, par amour » et qu'elle estime sincèrement « bassement racoleurs ».

À ses côtés, Coco Balavoine, sa grande amie, est omniprésente. Elle a déjà connu tout ça et de façon si étrangement similaire. Ses conseils comme ses seuls acquiescements s'avèrent un précieux réconfort.

Avec la famille, avec les amis, il faut tenir, faire face. Porter le moral des enfants. Celui de Raphaël, notamment, que la souffrance avait rendu difficile et qui va mieux. Le 2 avril 1993, jour de son anniversaire, qu'il fête à la maison de Ramatuelle, lourdement imprégnée d'un parfum de nostalgie, la sonnerie de la porte d'entrée retentit soudain. Quand il l'ouvre, il reste pantois devant la surprise. C'est son idole absolue, le footballeur David Ginola, qui lui sourit, un cadeau à la main. Le journaliste ami Gérard Holtz a organisé l'événement en secret. Pour le jeune garçon comme pour sa maman, c'est un très joli sourire de l'avenir.

France, elle aussi, s'efforce d'esquisser des sourires qui riment avec avenir. Elle n'aime pas trop l'idée que son spectacle soit envisagé comme un hommage à Michel. Elle veut d'abord insister sur son envie de chanter à nouveau et inscrire son show dans le contexte le plus gai possible.

La bonne idée, c'est de galvaniser son propre enthousiasme avec un répertoire différent, renouvelé. Au-delà des titres de *Double Jeu*, l'album commun avec Michel, elle s'attelle donc à puiser dans les chansons de son mari, celles qu'à ce jour il a écrites pour lui et chantées lui-même, des tubes qu'elle n'a jamais interprétés jusqu'alors.

Elle se dit d'ailleurs fascinée par la cohésion qui ressort de tous ces titres.

France se sent fatiguée. Très fatiguée. Pendant l'enregistrement de l'émission « Fréquenstar », le 30 mars 1993, elle a un malaise et manque de s'effondrer en chantant, sous les yeux effarés de Laurent Boyer et du public. Elle décide de consulter son médecin sur-le-champ, qui s'inquiète visiblement, lui fait faire des examens complets et, le 8 avril, lui annonce : « Vous avez une tumeur... »

La jeune femme, qui racontera tout dans le *VSD* de septembre de cette année-là, réagit fermement : « Docteur, je suis veuve, j'ai deux enfants, il faut me dire la vérité ! » Il s'agit d'un cancer du sein, non évolutif et sans envahissement. France rentre chez elle. Elle est effondrée. Elle est terrorisée. L'idée qu'on l'ampute, qu'on lui enlève quelque chose l'angoisse totalement.

« En même temps, je n'étais pas surprise. À la mort de Michel, neuf mois auparavant, j'avais eu tellement mal que cela me paraissait inévitable que quelque chose se casse à l'intérieur de moi. Je suis restée roulée en boule pendant vingt-quatre heures, obsédée par l'idée que mes enfants risquaient de devenir orphelins. Ils dépendent tellement de moi. Je suis devenue le chef de famille. Je vis une vie d'homme. Pour eux, je me suis levée[1]. »

Finalement, le 20 avril, on lui enlève une boule d'un centimètre. L'opération s'est bien passée mais deux mois de rayons sont programmés, qu'elle doit entamer aussitôt.

*

* *

1. *Paris Match*, décembre 1993.

Ce cancer du sein, elle voudrait le cacher à tout le monde pour plusieurs raisons. La première est d'épargner à ses enfants une nouvelle épreuve. Mourir ne lui fait pas peur. Mais quitter ses petits la terrifie. Pauline est de plus en plus affaiblie par sa maladie, et Raphaël terriblement perturbé. Les autres raisons sont, d'après elle, plus égoïstes. D'abord, elle craint que les gens la fuient, qu'ils se détournent d'elle. Les chiens malades, aucun autre chien ne s'approche d'eux. Ensuite, elle redoute, qu'elle guérisse ou non, qu'on ne lui parle jamais plus de la même façon qu'avant. Et puis elle ne veut pas devenir la « conversation de bistrot » de la France entière. Enfin, elle ne supporte pas l'idée qu'on la plaigne. La pitié, pas question.

Il n'empêche. Elle a dû en parler à ses enfants, en minimisant au maximum la dangerosité de son mal. « Pour une fois, contrairement à mes principes, je n'ai pas pu dire toute la vérité, pour ne pas les affoler. J'étais partagée entre la terreur en moi et la nécessité de me montrer optimiste. »

Elle doit aussi le faire savoir publiquement, trop faible pour assurer les répétitions de Bercy et les séances de rayons. Il faut annuler, reporter… Mais avant, le soir du 5 mai, elle a quelque chose à faire, même si cela ne fait que quinze jours qu'elle vient de quitter la salle d'opération. Et rien ni personne ne l'arrêtera. Prenant son courage à bout de bras, elle arrive à prendre sur elle pour enregistrer avec ses musiciens au théâtre des Champs-Élysées une nouvelle version de *Mademoiselle Chang*, un titre ancien de Michel Berger. C'était prévu et ce n'est pas son genre de faire faux bond ! Le disque est gravé dans la nuit et distribué dans les magasins le lendemain matin. C'est une première dans le métier, une véritable performance qu'elle avait organisée avant tout cela et dont elle se faisait une joie.

Cinq jours après, elle adresse un communiqué qui est lu avec consternation dans tous les journaux télévisés : France Gall a un cancer !

Elle aurait pu prétexter, comme ses amis le lui ont conseillé, d'avoir une jambe cassée, mais une fois encore, seule la vérité est plus importante que tout pour elle, au risque de donner sa vie la plus privée mais aussi la plus douloureuse en pâture.

*

* *

Depuis la mort de son père, celle de son beau-père, celle de son beau-frère et celle de l'amour de sa vie, elle se sait l'emblème récurrent des complaintes populaires, elle entend la rumeur emphatique et cela contrarie, offense, son sens profond de la pudeur et de la discrétion. La célébrité, c'est donc ainsi. Quelque chose de toujours plus pénible. Un champ d'honneur de plus en plus balayé par des vents qui s'échinent à vouloir tout révéler, à ne laisser aucune part d'intimité ? Où trouver refuge ?

La spiritualité, seule, va alors l'aider. Mais pas question non plus que sa quête nourrisse débats ou commentaires publics. Un jour, pourtant, elle se livrera au magazine *Psychologies* sur ce sujet : « Je n'ai pas trop envie de parler de ça, car on n'en parle utilement qu'avec des gens qui ont réellement envie de s'y intéresser. Ce qui est clair c'est que se retrouver confrontée à sa propre mort occasionne un bouleversement. Moi, j'ai ressenti le besoin de parler de certaines choses avec des amis et, surtout, de lire des ouvrages sur la foi, l'au-delà, la frontière entre la vie apparente et la mort. Michel affirmait que tout s'arrête après le dernier souffle et, tant qu'il était là, je m'abritais derrière sa pensée. En plus, il me trouvait trop fragile pour que je m'aventure dans ce genre de domaine. Aujourd'hui, je me demande comment j'ai pu rester des années sans m'intéresser à tout cela. L'âme, c'est tout de même plus important que le fameux niveau social après lequel tout le monde court en s'agitant. Mais, rassurez-vous, je ne fais pas brûler d'encens ni tourner les tables ! »

Ce qu'elle fait volontiers, c'est se couper de plus en plus souvent des infos extérieures. Télé éteinte, radio fermée, journaux et magazines radiés, elle ouvre de plus en plus de livres concernant naturellement en priorité les sujets qui l'obsèdent et l'interpellent. La mort, par exemple, qui l'a toujours terrorisée et l'a sérieusement « repérée ».

Elle médite souvent, élargit vite ses connaissances, mais sans jamais les étaler. D'abord parce que ce n'est pas un fonds de commerce. Ensuite parce que le « déclic » ésotérique ne lui paraît pas transmissible.

Aux proches qui lui conseillent de se méfier des charlatans, elle répond qu'ils sont faciles à débusquer et que le but de la vie de ceux qui ont de réelles facultés hors du commun est de se mettre au service des autres. Ceux-là affichent une attitude facilement identifiable.

*
* *

En juin de cette année 1993, les rayons sont terminés, le cancer est guéri et France ne garde aucune trace de l'opération. Elle peut respirer, même si elle a un immense besoin de repos. Alors, elle se repose. Tout l'été. Et cultive avec douceur de nouvelles amitiés, notamment avec des gens qui la font rire, comme Muriel Robin, Pierre Palmade, Michel Blanc. C'est bon pour le moral ! Enfin, elle se sent mieux, et elle confirme les dates de report de son spectacle à Bercy.

De l'avis de tous ses proches, son combat contre la maladie a été mené avec une force et une volonté sidérantes. Oui, le combat est gagné, et elle se remet d'ailleurs au travail, mais ne peut que constater qu'elle a de plus en plus de mal à éluder ses émotions. Plus l'heure H de son spectacle, désormais fixée en septembre, approche, et plus elle sent que Michel sera omniprésent. Plus le show prend forme et plus elle a le sentiment qu'elle se rapproche de lui. « En fait, dit-elle, c'est en faisant le plus possible ce Bercy pour moi que je le fais vraiment pour lui[1]. »

Pour lui, c'est elle, désormais, qui décide de tout. Elle récupère certes les habituels musiciens de Michel – les mêmes que les siens, d'ailleurs ! – mais elle leur adjoint tout un groupe de choristes et de danseurs de l'association Droit de Cité dont elle devient la marraine. Ces gamins de banlieue et leur culture hip-hop l'aident considérablement. Ils lui apprennent une autre énergie, une autre planète. Il n'y a pas qu'en Afrique que les décibels s'orchestrent parfois pour atténuer le bruit des borborygmes de l'estomac.

À Bercy, elle choisit les costumes, dessine les décors, vérifie la visibilité des spectateurs et la qualité des retours son. Sur scène, elle irradie, chante sans effets, apparemment sans effort. Mais avec une volonté créative énorme. L'émotion est au rendez-vous. Au public, elle déclare : « Je ne vous ai pas vus depuis six ans et en six ans, la

1. *Le Parisien.*

meilleure chose qui me soit arrivée, c'est d'être ici ce soir. »

En coulisses, parfois, elle chancelle de fatigue et de douleur à fleur de cœur. Jean-Marie Périer, son copain d'enfance, son ami, ne la lâche heureusement pas d'une semelle. Dans la salle, il y a un monde fou et beaucoup d'amour. Chaque soir, quand elle chante *La Minute de silence*, elle ferme les yeux pour ne pas voir les gens qui pleurent. À l'arrivée, il y aura beaucoup de monde et beaucoup d'amour.

À Grenoble, pourtant, un soir lors de la tournée, le public la fait craquer. Il la retient près d'un quart d'heure sous une ovation qui sonne comme une tonitruante « déclaration ». Elle finit par sortir de scène, le pas gauche et les yeux sur une autre planète. Elle murmure seulement trois mots : « Ah, les vaches ! »

Le show est un triomphe et France s'en réjouit pour une raison majeure : « En réussissant ce spectacle, je crois que j'ai réussi à rassurer mes enfants qui sont soudain redevenus des… enfants ! » En décembre, elle les met d'ailleurs tous les deux dans sa valise, et les emmène passer les fêtes de fin d'année dans une petite île du bout du monde, du côté des Bahamas.

Je ne me repose plus sur personne

Après les « Enfoirés » du 17 janvier 1994, au Grand Rex, un spectacle enregistré pour la télévision, auquel elle participe aux côtés de ses nouveaux grands amis, Muriel Robin et Pierre Palmade, France s'offre un concert dont elle rêvait depuis longtemps : à Dakar. Ses amis de là-bas sont ravis. Le public sénégalais en profite pour découvrir « France Sénégal ». C'est un triomphe. La Négresse blonde se dit « transcendée » et revient à Paris pour un spécial « Taratata » et pour la sortie du deuxième album *live* de son Bercy.

Elle annonce alors qu'elle veut monter un nouveau spectacle « différent », conçu notamment pour l'étranger, qu'elle souhaite interpréter d'autres nouveaux standards de Michel, inédits pour elle – par exemple *Quelque Chose de Tennessee* – et qu'elle se produira à l'automne à Pleyel.

Pendant les mois qui suivent, elle se consacre principalement à ces projets. Le samedi 10 septembre 1994, c'est en Belgique qu'elle donne le coup d'envoi de son nouveau show. « Nouveau », le terme n'est pas usurpé. Enfin, plus portée par l'envie que par la compassion, par l'instinct de survie que par le plaisir consenti, c'est une étoile réellement nouvelle qui fait briller son Berger sans renoncer à ses propres feux.

« Quelques semaines avant sa mort, raconte-t-elle à *Psychologies*, il m'a légué, à travers un testament, toute son œuvre. Jamais je n'aurais pu imaginer que cet honneur me reviendrait et en même temps c'est d'une grande tristesse. On se retrouve seul, avec tout à assumer, et avec un héritage aussi exceptionnel, il faut trouver ses propres solutions, avec sa propre vision des choses. »

*
* *

Et justement, France a une nouvelle vision des choses. Cette fois, elle coupe tous les cordons ombilicaux qui ressemblaient à de petites ficelles. Musiciens changés, qu'on croyait pourtant inamovibles, elle réarrange tout, chorégraphie, répertorie. Elle puise effectivement dans l'inédit du répertoire. S'octroie des plaisirs jusque-là interdits.

Elle reprend *Diego* et *Quelque Chose de Tennessee*. Elle s'offre *Pense à moi* ou *Les Uns contre les autres*. Elle laisse passer ses rêves, superficiels, légers ou pleins d'idées bizarres. Elle s'installe, en marge des choses prétendues capitales, une « banlieue » qu'elle anime avec sa bande de potes, où l'on danse et rit sous les lumières d'un maître Rouveyrollis, son fidèle éclairagiste, au mieux de sa forme.

Du coup, dix-sept jours plus tard, à l'heure d'une escale de cinq jours à la salle Pleyel, c'est en confiance qu'elle annonce dans les colonnes du *Parisien* son propre bulletin de santé morale :

« Pleyel, depuis quinze ans, Michel et moi nous en rêvions. On nous répondait toujours que c'était "fermé" à la variété. Là, je n'ai rien eu à demander.

Tout s'est ouvert subitement. Je n'ai pas choisi cet endroit pour créer l'événement. Moi, dorénavant, je préfère monter mes spectacles en "lousedé", ne pas m'atteler au remplissage systématique des salles, ne pas me soucier du fait d'être jugée. Beaucoup de choses ont changé, c'est vrai, et pas seulement les musiciens. J'ai été amenée à porter moi-même presque toutes les casquettes et, curieusement, cela m'a procuré une incroyable sensation de liberté. Une légèreté qui me permet de vibrer mieux, d'oser aller au-devant des gens, de danser comme une folle. Jamais je ne me suis sentie autant passionnée par ce métier, par la musique, par l'œuvre de Michel. »

*
* *

Pourtant, quelques semaines plus tôt, un nouveau coup du sort l'a ébranlée. Sans doute un épiphénomène de ce qu'on appelle la loi des séries ! Expression cliché, peut-être, mais comment ne pas la citer quand on a côtoyé France pendant ces années noires où, au-delà des plus tristes événements, évidemment médiatisés, le sort semble s'être acharné, opposant à son courage d'incessantes épreuves que même ses fans ont ignorées ?

Après son Bercy, les retrouvailles avec le public mais aussi avec elle-même (« La mort, le cancer, il y avait aucune place pour la frivolité. L'état d'esprit était le blues. Je n'aurais d'ailleurs jamais pu surmonter l'épreuve sans toute l'équipe d'alors. Des gens attachés au même passé que moi. Soumis à la même lourdeur. Quand on vient de perdre quelqu'un, on se sent lourd, accablé, plus du tout à l'aise dans ses gestes, dans sa peau. Et puis, à un moment donné, sur scène comme dans les coulisses, même si le chagrin ne s'efface pas, on sent qu'on digère l'horreur. La vie reprend sa place d'une façon plus généreuse. Elle vous redonne une nouvelle conscience. On a l'impression d'ouvrir les cils, de retrouver un corps[1] »), France a passé une partie de l'été en famille dans la maison de Ramatuelle. Fin août, elle rentre avant tout le monde à Paris, pour entamer les répétitions du récital « tout neuf » qu'après les Belges et la province, les Parisiens découvriront salle Pleyel.

Sa première journée se passe bien mais, comme à son habitude, elle se relance dans le travail avec une exigence et un perfectionnisme qui ne voient pas passer les heures. Il est fort tard quand elle arrive chez elle et prend connaissance de messages qui la foudroient. Raphaël, son fils, a été victime d'un grave accident. Sur les si dangereuses petites routes des plages de Ramatuelle et Saint-Tropez, il circulait sur le scooter d'un copain. Un automobiliste l'a renversé. Souffrant d'une hémorragie et de contusions multiples, il a d'abord été conduit à l'hôpital local, puis transféré à celui de Fréjus et, enfin, admis en « réa » à Nice !

À cette heure, il n'y a plus d'avions. Mille kilomètres en voiture… Elle ne gagnerait pas de temps. Il faut attendre l'aube pour rejoindre l'aéroport. « J'ai vécu la pire nuit de mon existence », confiera-t-elle plus tard. En attendant, elle ne quitte pas son téléphone et tente de gérer à distance un corps médical qui, selon un processus malheureusement fréquent, se montre à la fois confus et autoritaire.

Raphaël « serait » gravement touché au pancréas. Impossible de donner un diagnostic précis mais, a priori, il faut lui ouvrir le ventre

1. *Le Parisien.*

pour en savoir plus. France se liquéfie. Ils ont besoin de son autorisation pour opérer et font du forcing. Elle veut en savoir plus et obtient qu'on lui fasse trois scanners successifs.

C'est en zombie qu'elle gravit les marches de la passerelle du premier avion du matin. Mais elle a bien fait de tenir. Raphaël va un peu mieux. Elle passe trois jours et trois nuits à ses côtés, sur un petit lit de camp dont elle exige l'installation. Finalement, c'est la rate qui a été touchée et c'est un moindre mal !

Nul doute. Chacun se demande de quelle matière est fait ce petit bout de femme pour « assurer » si vaillamment au sortir d'une telle série d'épreuves. La question lui est posée par *Le Parisien* en septembre 1994. Elle y répond en ces termes : « J'ai toujours dit que je me sentais incroyablement forte de ce que m'avait laissé Michel. Je m'en suis peut-être convaincue mais j'ai même cru le ressentir physiquement. Sans les dix-huit ans que nous avons vécus ensemble, je ne saurais "assurer" comme vous dites. Mais c'est ainsi. Désormais, je ne suis plus la femme de personne. Je ne me repose plus sur personne. Je sais que la vie est faite de choses belles et affreuses. Je me convaincs que tout est possible, qu'elle finira par m'emmener vers le meilleur et qu'elle mérite que je lui fasse encore confiance. »

Après la renaissance, il reste à vivre

En 1995, alors que la fin de l'année approche, les enfants ont besoin d'air. Ce sera leur troisième Noël sans leur père.

Il y a des absences auxquelles on s'habitue d'autant moins que le temps passe sans vous surprendre. Celle de Michel pèse extrêmement lourd. Grâce à ses petits, plus si petits, de seize et quatorze ans, France a surmonté beaucoup d'épreuves. Sur scène, elle a même eu le sentiment de renaître. Mais, comme elle le dit elle-même : « Après la renaissance, il reste à vivre. » Comme Pauline et Raphaël, elle ressent une envie viscérale : celle de changer de paysage. Puisqu'elle a quelques projets à réaliser qu'une vie ailleurs ne compromettrait pas, bien au contraire. Puisque Raphaël passe son temps à répéter qu'il voudrait être américain et que Pauline rêve de devenir bilingue, France décide d'aller s'installer en famille aux États-Unis pour quelques mois, tout en gardant ses lieux de vie dans l'Hexagone.

Les enfants sont fous de joie et l'aident à remplir des malles entières d'objets et de vêtements, histoire d'emporter quand même un peu du décor quotidien. Le départ se règle en quelques semaines. À la mi-décembre, tout le monde se retrouve dans l'avion. Personne ne se pose de questions. L'ambiance est dénuée de peur et d'appréhension.

À Los Angeles, les premiers soirs, on dort à l'hôtel. L'immense maison louée, bien connue de l'entourage parce qu'ayant été habitée par Doris Day, est entièrement libre. L'architecture est dans le plus pur style hollywoodien, extravagant, kitsch. Comme, à l'intérieur, il n'y a rien, il faut louer tous les meubles et chacun en profite pour créer son propre univers. La chambre de Raphaël sera toute noire. Celle de Pauline toute blanche.

Les fêtes de fin d'année ne brillent certes pas par la plus joyeuse des ambiances. Se retrouver à l'autre bout du monde sans y connaître quiconque et découvrir que les Américains nous sont finalement aussi étrangers que les Chinois n'incite pas forcément à l'allégresse. Mais la volonté commune d'aller de l'avant protège le clan de la morosité.

Peu à peu, la vie s'organise. En semaine, les enfants passent leurs journées au lycée français tandis que France se rend quotidiennement au studio d'enregistrement, huit heures par jour, un peu comme au bureau. Le week-end, direction Venice Beach pour séance sportive sur patins à roulettes et sous panneaux de basket, puis déjeuner sur le pouce dans un restaurant de bord de mer et jeux de plage pour les jeunes, tandis que Maman se fait masser le dos en plein air sous les regards indifférents de badauds qui – ça, c'est la liberté – ne la reconnaissent évidemment pas. Sept mois vont s'écouler ainsi, dans une existence d'une régularité étonnante, dans un manque d'inattendu très... inhabituel, mais aussi dans une sorte de paisibilité somptueusement éclairée par la douceur du soleil californien.

France a fini son travail en studio, Raphaël n'est pas devenu bilingue, Pauline beaucoup plus et l'année scolaire est terminée. « Et si on rentrait en France ? »

Le retour à Paris s'effectue dans une fébrilité plutôt joyeuse. Pourtant, une fois atterris, les trois exilés se demandent si le monde n'a pas rapetissé. Tout leur paraît minuscule. L'espace leur manque. Les arbres immenses, les couleurs pastel et la végétation luxuriante aussi. L'été ramatuellois, malgré les insupportables souvenirs rattachés à la maison et à cette saison bannie, va heureusement servir de sas de décompression, de tremplin de réadaptation.

La réadaptation à la vie, c'est aussi, forcément, la reconstruction d'un semblant de vie de femme. Pour France, la chose est d'autant plus difficile que les médias l'épient sans cesse. Au-delà des enfants dont les cicatrices demeurent à vif, au-delà des familles que les douleurs ont confortées dans leurs principes, elle ne peut échapper à cette horrible sensation qu'un projecteur s'allume à chaque fois qu'elle active la lumière de sa lampe de chevet. Pourtant, à Los Angeles, elle a rencontré un musicien noir, talentueux, discret, attentionné, qui ne la laisse pas indifférente.

Pendant les fêtes de la fin de l'année 1995, dans sa « retraite » de Dakar, des paparazzis la shootent. Elle est tellement choquée par la parution des photos dans des journaux à scandales en France qu'elle envisage aussitôt de vendre son cher « refuge » qui, visiblement, n'en est plus un. Amoureuse ? Seul le temps pourra répondre à la question. Il y a trois ans et demi que Michel est parti. « Je ne n'ai pas envie de me cacher si je peux retrouver le bonheur en posant la tête sur l'épaule de quelqu'un d'autre », dira-t-elle à *Gala* en mars 1996.

En attendant, elle revient très vite sur son envie d'oublier l'Afrique. La première fois que France est allée à Dakar, elle avait vingt ans. Elle avait trouvé un petit hôtel face à la mer et découvert, de sa fenêtre, une île toute mignonne qui la faisait rêver. Plus tard, avec Michel et Daniel Balavoine, elle est souvent revenue là et y a connu des fous rires et des fêtes mémorables. Pourtant, à chaque séjour, ce qui la fascinait d'abord, c'était cet îlot à la fois si proche et si lointain qu'on ne peut l'atteindre qu'en pirogue.

Un jour, elle se décide à traverser et tombe nez à nez avec une pancarte « à vendre ». Elle n'en croit pas ses yeux : extérieurement, on dirait une ferme normande ! D'abord, elle rit. Puis elle se dit : « Pourquoi pas ? » Dans un sens, on ne peut pas faire plus original. Sans compter que, de toute façon elle changera forcément toute la déco ! Alors, elle se décide en un rien de temps. Elle achète. Elle ne le regrettera jamais, bien au contraire.

D'abord parce qu'elle ressent des sensations nouvelles dans cette maison, qu'elle a appelée *Noflaye*, ce qui signifie « Se la couler douce » en langue wolof. Elle y respire mieux qu'ailleurs. Elle s'y sent plus légère. Elle y médite plus profondément.

Ensuite parce qu'elle aime ce peuple noir qui la côtoie. Elle apprécie sa gentillesse, particulièrement évidente chez les Sénégalais, sa vérité, son étonnant mélange de profondeur et de naïveté.

Au début, Michel encore vivant, elle se rendait souvent au Sénégal sans lui. Elle y allait, comme dit la chanson, pour... s'éclater ! C'était sa zone franche, celle où, privée jadis d'adolescence, elle pouvait réinventer ses dix-huit ans, s'amuser comme une gamine, courir sur la plage, rire de tout et de rien.

Plus tard, Michel parti, ayant perdu à tout jamais le sentiment d'avoir dix-huit ans, elle s'y rend juste pour être ailleurs. Pour se ressourcer aux valeurs simples, à la solidarité. Là-bas, s'il reste dans une maison quelque chose à partager, personne ne mourra de faim. Là-bas, face à l'Atlantique, avec une kyrielle de femmes chaleureuses et ses livres pour amis, elle vit à la fois dans un autre temps et dans l'instant, sans peur du lendemain.

« J'ai l'impression d'avoir toujours vécu là-bas. Comme si j'y avais habité dans une vie antérieure, confie-t-elle à un journaliste de *Télé 7 Jours* en 1996. Cet endroit m'a sauvée de mes tristesses et de mes angoisses. Tout y est simple et magique. J'y ai dominé mes peurs et séché mes larmes. C'est là-bas que je me suis reconstruite peu à peu. »

Sur son île, pas d'eau ni d'électricité. Tout fonctionne à l'énergie solaire et, pour l'eau douce, les autochtones ont installé des conduits depuis le continent. La demeure, édifiée par un Libanais sur un modèle d'architecture normande à colombages est divisée en deux maisons. Dans la première, living, cuisine et salle à manger. Dans la seconde, salle de bains et chambres. France a tout refait à son goût avec le concours d'un architecte local, à commencer par une façade rouge et des paillotes extérieure et intérieure. Rideaux et canapés, sublimes, ont été confectionnés sur place par une véritable artiste, devenue une tendre amie, qui se prénomme Oumassie et qu'on surnomme « la femme au chapeau » parce qu'elle porte en permanence un casque colonial.

*
* *

Ce n'est qu'en octobre 1996, à deux jours de son anniversaire, que France confirme, toujours à *Gala*, sa liaison en levant un tout petit coin de voile devant la curiosité pondérée d'un journaliste complice : « Notre histoire n'a qu'un an et je ne suis pas encore en veine de confidences. Un an, c'est un peu court pour énoncer des certitudes mais je sais, en tout cas, que plus ça va, et plus il est évident qu'un homme dans ma vie ne peut pas être quelqu'un d'étranger à mon métier. J'ai eu une petite histoire avec un homme qui n'avait rien à voir avec la musique. Je savais qu'à la longue, cela ne pourrait pas durer. Très vite, trop vite, on ne sait plus de quoi parler ! Je n'ai d'ailleurs pas envie de savoir ce qui se passera dans un an ou plus. Cela ne m'empêche pas d'être optimiste et d'aspirer à tous les bonheurs. Je sens d'ailleurs mes angoisses s'envoler une à une. Le temps qui passe, la solitude me font moins peur. J'ai de plus en plus soif de vie, de connaissance, de rire. Mais ça, cela va quand même être vraiment difficile car j'ai le sentiment d'avoir perdu mon vrai rire. Cela m'embête beaucoup ! »

À cette époque, juste avant l'Olympia, France se sent dans une période faste. Ses enfants, sa vie et la musique, tout, dans cet ordre-là, la satisfait. C'est à ce moment qu'elle révèle que, quelques semaines avant sa mort, Michel lui avait légué, à travers un testament, toute son œuvre. Un héritage exceptionnel qu'on ne peut gérer, humainement comme artistiquement, qu'avec sa propre vision des choses. Son face-à-face avec elle-même, incontournable lorsqu'on se retrouve seule à devoir tout assumer, lui a donné confiance en elle.

Bien finie, la période d'ébullition où elle avait tenté de s'étourdir en faisant la fofolle jusqu'à cinq heures du matin dans les discothèques. Elle ne pense plus qu'à travailler et se sent, chaque jour, hyper-heureuse à l'heure de rentrer chez elle. Ses enfants l'émerveillent. Au retour de chaque voyage, de chaque absence, elle jouit, à leurs côtés, de périodes de vie quasi fusionnelles.

Ce quatrième été sans Michel a, pour la première fois, été serein. Familial et amical. Un peu de bateau, un nouveau chien, une pelletée de feux d'artifices et, dans la maison de Ramatuelle, un grand calme. Les merveilleux dessins de Pauline. Les chants de Raphaël, même s'il a renoncé au piano pour ne pas avoir à souffrir de la comparaison avec son père. Une sorte de quiétude reconquise. Une osmose totale. Et puis, cerise sur le gâteau estival, France et Pauline sont parties passer toutes les deux une semaine à Venise.

Olympienne

Des États-Unis, il sera donc resté un album, *France*, que sa maison de disques va exploiter pendant presque un an, de février 1996 (sortie d'un CD 13 titres sans *Si maman si*) à février 1997 (sortie d'un CD en édition internationale avec *Privée d'amour* en remix et *La Légende de Jimmy* en prime).

L'enregistrement a duré plusieurs mois au studio mythique de Record Plant. Sans parler couramment anglais, cela relevait de l'exploit, d'une bataille constante que France n'a pu livrer comme elle l'entendait (« Je me rendais compte que ça n'allait pas dans le sens que je souhaitais[1] »), mais dont l'issue l'a tout de même satisfaite : « Au bout du compte, j'ai obtenu un son unique ! »

Escortée par les musiciens de Prince, de Miles Davis et de Frank Zappa, chantant avec une voix plus grave qu'à l'accoutumée, elle y revisite plusieurs titres hautement symboliques dont *Que l'amour est bizarre,* la première chanson que Michel Berger ait écrite et chantée après l'avoir rencontrée en 1974 ; *Lumière de jour,* la chanson qu'il lui a avoué avoir composée pour elle ; et surtout *Plus*

1. *Le Parisien*, 1996.

haut, un titre auquel le temps a donné une dimension hallucinante.

Celui que j'aime vit dans un monde,
Plus beau,
Bien au-dessus du niveau des mots,
Dans un univers au repos[1]...

Créée quinze années avant cet enregistrement, la plus visionnaire des chansons de Berger correspond parfaitement à ses sentiments du moment. En studio, au moment de l'interpréter, France vacillera quelques secondes. La chair de poule absolue. Ses vibrations vocales, toutes en passion contenue, sont un sommet d'émotion.

Elle charge Jean-Luc Godard d'en réaliser le clip, qu'elle trouve magnifique. Malheureusement, comme il ne s'acquitte pas des droits d'auteur des extraits de films et des nombreux tableaux utilisés, le clip ne sera jamais exploité.

L'album, pour le moins singulier, deviendra, en tout cas, disque de platine avec 317 000 exemplaires vendus, et enclenchera très efficacement les locations pour son « premier » Olympia prévu du 5 au 17 novembre 1996. Malgré son statut de star et ses mille et un triomphes, malgré son amitié avec Patricia Coquatrix, la fille du « boss » fondateur, France en effet n'avait jamais voulu chanter dans l'écrin mythique du boulevard des Capucines. Son aura l'angoissait.

Aujourd'hui, libérée de ses préjugés et de ses peurs que la réalité de la vie rend un peu dérisoires, elle a dit « oui ». Sans y voir le moindre

---

1. *Plus haut, paroles et musique de Michel Berger, Éditions Apache France.*

défi. Simplement parce que l'endroit était libre à ce moment-là !

Ce mardi 5 novembre, loin de ses shows d'avant-hier, elle y donne donc ce que nombre de ses fans appelleront son premier concert. Clair-obscur sur scène. Comme suspendu au *Paradis blanc*, titre de l'une des chansons de Michel, un escalier de même couleur. La silhouette de France apparaît, figée, tandis qu'accompagnée par quelques notes de piano, la voix de Michel lui souffle : « Fais-les chanter… Fais-les rire… »

En pantalon noir, pull décolleté à l'unisson et veste multicolore, elle descend alors les marches. À peine a-t-elle touché le sol, les musiciens démarrent en trombe : *La Groupie du pianiste.* Chanson symbolique pour faire rimer d'entrée émotion et jubilation. On enchaîne avec *Les Princes des villes*, et une heure et demie de funk flamboyant, de rythm'n'blues étourdissant. France Gall a revisité son patrimoine. Escortée de seigneurs bien plus que d'instrumentistes, elle oublie les récitals de jadis.

Impossible d'imaginer qu'on pouvait chanter ainsi *Mademoiselle Chang, Débranche, Les uns contre les autres* ou *La Légende de Jimmy*. Impossible d'imaginer qu'en guise d'entracte, elle nous offrirait en clin d'œil le *Sex Machine* de James Brown. Pourtant, l'âme du poète ne souffre pas de trahison. De même qu'il suffit à l'artiste de quelques secondes, assise enfin sur le piano, pour nous rappeler nos frissons d'antan. Pour nous prouver que *La Lumière du jour* n'est pas près de s'éteindre.

Les critiques du *Figaro*, du *Parisien*, de *Libération*, entre autres, sont toutes élogieuses. France s'en réjouit et signe presque aussitôt pour un nouveau projet de concert avec M6... « Ce que j'aurai fait de mieux à la télévision », dira-t-elle plus tard sur France 3.

*
* *

Choisir un ring en guise de scène, c'est le symbole amusant qu'elle conçoit pour le « Concert privé » qu'elle enregistre le 22 mars 1997 pour la chaîne musicale M6. « Le combat de la vie est beaucoup plus dur que celui de la scène, explique-t-elle. Il est composé de pages qu'on n'écrit pas soi-même alors que, face au public, c'est tout le contraire ! » Et puis elle a toujours considéré la boxe comme un spectacle extraordinaire, fascinée très jeune par le show magistral du dernier combat de Cassius Clay, à New York.

Suivant les règles de cette émission qui exige de l'artiste une formule acoustique et où l'on procède à l'enregistrement chanson par chanson, sans pouvoir se laisser porter par la dynamique du show, elle va s'adonner, selon ses propres termes, à « l'exercice le plus difficile » qu'elle a pu connaître. Pas question de se laisser porter par les nuages électromagnétiques. On doit faire face à sa vérité. Ce sera d'ailleurs, du moins à ce jour, son ultime prestation *live* sur le petit écran.

Au milieu du concert, un duo la marquera particulièrement. Elle chante *La Mamma* avec Charles Aznavour, cette chanson culte signée par son père et inspirée par sa grand-mère. Quand celle-ci avait quitté ce monde, la petite Babou, qui l'adorait, avait trouvé cela si injuste qu'elle avait décrété qu'elle ne croyait plus en Dieu.

« Soudain, aux côtés de Charles sur scène, je suis redevenue une petite fille, racontera-t-elle à

France 3 en 2001. Je me sentais à la fois en paix et très émue. Pendant la chanson, plein de souvenirs de ma mémé me sont revenus. »

C'est Charles qui lui a donné l'idée de reprendre ensemble ce titre qui a fait le tour du monde. Interpréter *La Mamma* avec celui qu'elle a toujours considéré comme un artiste au-dessus du lot, quel bonheur !

« J'ai eu l'impression de tenir ma grand-mère et mon père serrés contre moi », dira-t-elle encore au *Parisien*, avant d'annoncer avec un rien de circonspection qu'elle mettait à nouveau un terme à sa carrière : « Je ne sais pas si je referai un jour de la scène, et ce concert aura sans doute été la dernière chose de moi. Je me méfie car j'ai déjà dit beaucoup de bêtises dans ma vie, mais une chose est sûre : j'arrête de chanter Michel. Je ne me reposerai plus sur son œuvre. J'ai mis cinq ans à quitter sa musique et à lui rendre hommage. Cela a été pour moi une thérapie qui m'a évité de devoir faire appel à quelqu'un. Mais tout est dit. Je ne pourrai plus revenir sur scène avec ses chansons. J'arrête... »

*
* *

Il faudrait savoir lire entre ces lignes pour comprendre précisément ce qu'elle vit hors scène, chez elle. Elle ne le dit pas, elle n'en parle pas, mais comment ne pas laisser affleurer l'angoisse qui la ronge ? Son ange, son cher ange, Pauline, semble s'affaiblir encore et encore...

Et l'une de ses meilleures amies vient de disparaître, foudroyée par un cancer à l'âge de trente-quatre ans. France en est bouleversée, terriblement émue. Émue parce qu'elle lui manque. Mais aussi un peu en paix, parce qu'elle a appris en lisant le philosophe Sénèque que le sage est celui qui conserve un état d'équilibre parfait dans le plaisir comme dans la douleur.

Survivre

Le 15 décembre 1997, neuf mois après son « Concert privé », le tragique autant que fabuleux destin de France tourne à l'horreur. Âgée seulement de dix-neuf ans, sa fille Pauline s'éteint. Difficile, même plusieurs années plus tard, de ne pas être saisi d'une profonde émotion mais aussi d'un sentiment d'admiration en entendant France relater cet instant foudroyant, en 2001, devant les caméras de Didier Varrod : « On ne le croit pas. On n'en revient pas de vivre un truc pareil. On ne peut pas. On ne veut pas. Pourtant, c'est là, impossible, inhumain. Alors, j'ai voulu le vivre en face. J'ai voulu être la maman qui réussit le plus au monde à survivre. Plutôt que d'admettre le regret, plutôt que d'admettre que j'étais foutue, je me suis dit : "On me l'a reprise, mais quelle joie exceptionnelle j'ai connue de l'avoir eue pendant dix-neuf ans." Et puis j'ai encore lu Sénèque. "Les mots peuvent aider la raison", écrit-il dans *Les Consolations*. Sa pensée m'a portée. »

Les obsèques sont imminentes. Il flotte un air de répétition macabre qui prend à la gorge. Et, là encore, France stupéfie tout le monde par son incroyable maîtrise, par son impossible sérénité. Elle dit un mot à chacun, vérifie que tout le monde a à boire, à manger. Elle tient. Elle est debout. Comme toujours.

Et puis c'est l'épreuve du cimetière. Tous les amis de Pauline sont là. Son petit copain aussi. Et nous, les adultes, impuissants, émus aux larmes en écoutant un texte écrit par France qui se termine par un verbe à l'impératif : « Respire. » Nous en sommes désarmés. Avec nos souvenirs pêle-mêle. Avec notre chance d'avoir pu côtoyer une jeune fille magique.

Elle s'appelait Pauline. Elle aimait le dessin. Elle était amoureuse pour la première fois. Elle avait fêté il y a quinze jours ses dix-neuf ans et se battait depuis autant d'années contre la mucoviscidose, la plus fréquente des maladies génétiques graves de l'enfant. Elle était jolie, intelligente, curieuse de tout, gourmande de vie et parée d'une gentillesse que sa fragilité et la transparence de sa peau rendaient bouleversante.

Tout le monde l'adorait, tout le monde espérait. Désespérément.

Transportée en urgence à l'hôpital Necker auprès du professeur Lenoir, sommité médicale mondiale qui la suivait depuis toujours, elle a lutté encore trois jours, puis la mort est venue, la laissant aspirer par la sécheresse de l'air, par le vide du silence. Là, au milieu des siens, comme une petite bougie dont la mèche se noie.

Pauline est partie.

Pauline n'est pas partie.

*

* *

Après les funérailles, impossible pour France de rester à Paris, dans cet appartement qui paraît tellement immense... Elle boucle ses valises et s'enfuit avec son fils à la montagne. Elle a besoin de vide, de silence, d'air pur. Comme celui qui a manqué à sa fille.

Dans une pharmacie de Morzine, deux semaines plus tard, Raphaël tombe nez à nez avec Alain Morel. Ils parlent. Plus que jamais, le jeune homme de dix-sept ans est devenu le pilier de la famille. Il envisage même d'écrire à son tour, avec son copain Thomas Schönberg, le fils de Béatrice et Claude-Michel, une sorte de comédie musicale reprenant pour titre ce fameux verbe « Respire », de l'homélie faite à sa sœur. Pour l'heure, le journaliste et lui s'étreignent un court instant avant d'échanger quelques derniers mots.

— Comment va ta mère ?

— Elle ne va pas… mais elle vit !

Quelque chose de Johnny

Sur le faire-part qu'elle a envoyé à l'AFP au moment du décès de sa fille, France a tenu à remercier les journalistes et les photographes qui avaient tous accepté tant d'années durant de tenir secrète la maladie de l'enfant. Jamais aucun d'entre eux n'a enfreint cette sorte de contrat moral, selon lequel la presse respectait la discrétion du clan Berger-Gall tandis que France comme Michel livraient aux médias leurs confidences au moment où ils jugeaient décent et opportun de s'adresser à leur public.

Mais, depuis le départ de Pauline, fin 1997, tout a changé. C'est la loi du silence qui s'installe et qui s'impose pendant près de trois ans. Retrait public. Silence médiatique. Le vide.

Avec son fils maintenant majeur, France s'estime protégée du manque d'amour. Avec ses amis fidèles, dont une majorité de femmes, elle s'efforce de penser que la mort n'est qu'une étape, pas même une séparation... À une fidèle parmi les fidèles, son attachée de presse, Geneviève, devenue, au fil des années, bien plus qu'une collaboratrice, elle confie la gestion de son relationnel personnel. Tout est agencé pour survivre le mieux possible en une sorte de huis clos psychologique.

Et puis elle a des choses essentielles à faire. D'abord entamer une longue procédure afin que Michel et Pauline puissent se retrouver dans la même sépulture. Ensuite, en mai 2000, après avoir une fois de plus pris de longs quartiers d'hiver à Dakar, fêter dignement les quatre-vingts ans de sa mère, qu'elle installe, pour l'occasion, dans la suite d'un palace new-yorkais.

Elle adore New York où elle a ses habitudes depuis des années et de nouveaux amis très proches. Une autre vie. Elle apprécie surtout l'indifférence qui y règne vis-à-vis d'elle : « En France, même s'il y a de la tendresse dans le regard des gens, je sais à quoi ils pensent en me voyant. À New York, cela n'existe pas, on ne m'y connaît pas[1]. »

*

* *

Dans la maison de Ramatuelle, qu'elle a gardée et qu'elle aménage et réaménage sans cesse, qu'elle décore et redécore sans se lasser, elle aime feuilleter un livre de l'architecte-décorateur américain du début du XXe siècle qu'elle considère comme un maître, Frank Lloyd Wright : « Si nous avions vécu à la même époque et si je l'avais rencontré, dit-elle à *Elle* en 2001, je serais sûrement tombée amoureuse de lui. » Les seuls souvenirs auxquels elle ne touche pas : les tableaux peints par Pauline accrochés aux murs, et les pianos de Michel qui sont comme des navires en escale. « Ah, ses pianos... mais sans rien dessus ! Un piano n'est pas un meuble ! Je le pense aussi aujourd'hui, comme lui autrefois... »

1. *Elle*, 2000.

*
* *

France a besoin de tout ce temps en dehors du temps... Seul Johnny Hallyday, qu'elle fréquentait peu ces dernières années, parviendra à la sortir de sa réserve. Quand ils s'étaient revus, le 16 octobre 1999, au mariage de leurs amis communs, Michel Sardou et Anne-Marie Périer, France avait été touchée par sa gentillesse extrême envers elle. Au printemps 2000, dès son retour de New York, elle décide d'appeler Jean-Claude Camus, le producteur de l'idole, et de préparer une surprise : venir chanter avec Johnny *Quelque Chose de Tennessee* sur la scène de l'Olympia, au mois d'août suivant. La date du 12 est choisie, et, le soir venu, elle entame dans le noir, sur scène, le petit texte de Tennessee Williams que Nathalie Baye disait sur disque et le termine en posant sa main sur l'épaule de Johnny qui, rayonnant en la découvrant près de lui, entame la chanson tout en la faisant applaudir à tout rompre par le public déchaîné.

Et les mots de la chanson écrite pour lui par Michel Berger n'ont jamais sonné aussi juste :

Ce désir fou de vivre une autre vie,
Cc rêve en nous avec ses mots à lui[1]...

France est à la fois bouleversée et heureuse : « Il y a des moments où j'aime tout le monde, confie-t-elle le 31 août à *Paris Match*. Celui-là en fait partie. Le souvenir qui m'en reste, c'est trois minutes et demie d'amour partagé. C'est ce qui m'a poussée à revenir trois jours plus tard. Monter

1. *Quelque Chose de Tennessee*, paroles et musique de Michel Berger.

sur scène avec Johnny, c'est aussi ma façon à moi de donner de mes nouvelles au public qui s'inquiète de mon silence. »

*
* *

Tout cela a-t-il agi comme un déclic ? Pendant l'année qui suit, France s'attelle en tout cas, jour et nuit, à un film que lui propose de produire Didier Varrod.

« Que Raphaël découvre mieux ma vie à travers un film, cela m'émeut et me ravit », dit-elle, ajoutant aussitôt : « Et puis je culpabilisais d'avoir si peu donné de nouvelles. » Ce film, ce sera le sublime *Autoportrait* qui, diffusé deux fois à la télévision, le 9 octobre 2001 et le 3 décembre 2002, réunira plus de 9 millions de téléspectateurs.

L'autoportrait

Aussi curieux que cela puisse paraître, jamais personne n'avait contacté France pour lui proposer de réaliser pour le petit écran, un portrait d'elle. « Je suis sans doute trop insaisissable », dit-elle avec un rien d'amusement en attaquant d'une fourchette enthousiaste son assiette froide fromage-salade. Confortablement installée dans son canapé noir et blanc, elle tente d'expliquer, sans trop d'émotions ni slogan racoleur, pourquoi elle vient de donner un an de sa vie pour confectionner l'autoportrait que va diffuser France 3 en octobre et qui, scellant ses retrouvailles avec le public, va forcément créer l'événement.

« Des raisons, il y en a plusieurs, confie-t-elle aux micros. D'abord, je culpabilisais d'avoir donné si peu de nouvelles, depuis la mort de Pauline, à ceux qui se sont fait du souci et ont eu de la peine. Ensuite, je sentais que j'avais envie de faire quelque chose. Je pouvais mentalement à nouveau concevoir un projet. J'aurais aussi bien pu écrire un livre mais ce n'est pas mon domaine. Enfin, je savais que sur France 3 on me laisserait faire ce que je voulais. Sans pression ! »

Alors, France s'est mise au travail pour faire « son » film. « En fait, raconte-t-elle, c'est “ma” vision mais c'est “notre” film. À ceux qu'il implique comme à ceux qui s'y sont impliqués. J'étais loin de m'imaginer ce que ça allait représenter. »

Des milliers de photos ou films de famille, des centaines d'heures de télévision à visionner ou de chansons à réécouter... France s'occupe de tout, musique, montage, voix off. Elle regarde sa vie défiler et la reconstitue avec le mélange qu'on imagine de jubilation et d'émotions vives. Avec aussi l'étonnante maîtrise qui la caractérise, elle livre la vérité pure sans s'adonner à l'indiscrétion.

Quand on lui demande si elle se serait volontiers fait monter quelques images en boucle, un sourire d'une tendresse infinie illumine son visage : « Oh oui. Certaines images de scène, au Palais des Sports et au Zénith, notamment, et puis, côté privé, toutes celles avec les enfants. C'est du bonheur à l'état pur ! J'adore aussi la scène de la bagarre dans l'herbe avec Michel. On y retrouve toute l'incroyable et unique complicité qui nous unissait. Au fait, je tiens à vous signaler qu'à la fin, c'est moi qui ai gagné ! »

Son autoportrait regorge d'instants qui parlent à sa place et nous éclairent sur sa vraie vie de femme et de mère (« Quand on a des enfants, tout naturellement, on ne peut plus penser à soi ») mais aussi sur sa vocation de chanteuse (« Je n'ai jamais voulu accepter l'idée que j'étais faite pour ce métier mais, après avoir travaillé sur ce film, je ne peux plus nier que j'étais totalement faite pour chanter »).

Ils dissipent au passage bon nombre de malentendus et nous révèlent la constante modernité de l'artiste, comme la farouche intégrité d'un sacré petit bout de femme.

Qui aurait cru qu'on puisse en quelques années subir sans devenir folle la perte d'amis nommés Balavoine et Coluche, les décès de son père et de son beau-père, la mort de l'homme de sa vie et de sa meilleure amie, l'attaque invalidante d'une maladie pernicieuse puis la fin insoutenable de son propre enfant ?

« Personne, pas même moi, se contente de répondre France aux questions de *Télé 7 Jours* en octobre 2001. C'est pourquoi aujourd'hui je ne peux plus jamais être ni tout à fait gaie, ni tout à fait triste, sauf quand les images des attentats de New York ou toute évocation de séparation fatale entre gens qui s'aiment me brisent à nouveau le cœur. »

Ses solutions se résument en une philosophie qui servira sûrement de bouclier à beaucoup. Par respect pour la vie, par foi en ceux ou celui qui la donnent, par amour de ceux qui l'entourent encore et par volonté de leur insuffler de la gaieté, elle a réuni toutes ses forces pour se réjouir des bonheurs que lui ont donnés les siens plutôt que de se laisser anéantir par le malheur de les avoir perdus.

Elle ne souhaite d'ailleurs plus en parler, estimant à la fois que son film est sa réponse et que si la musique, après Michel, puis le silence, après Pauline, l'ont aidée à se soigner, elle ne veut plus en sortir que par la création.

« Je ne veux pas faire de télévision, confie-t-elle à Constance Chaillet en 2004 pour le magazine *Elle*. Parce que c'est un monde qui ne m'a jamais ressemblé et qui m'embête. Je n'ai pas envie d'entrer dans le monde de Fogiel. Je déteste l'affrontement, cela n'a rien à voir avec moi… »

Son identité. Sa vérité. Toujours dans le film de France 3, elle raconte pourquoi il lui fut un jour si pénible d'accepter de changer de prénom : « Du temps d'Isabelle, j'étais heureuse et insouciante. Dans les fêtes de classe et de famille, je chantais

Isabelle, si le roi savait ça, et le petit succès que cela me valait suffisait à ma fierté. Ce que je n'aimais pas c'était mon nom : Gall. À cause de l'école et des quolibets du genre : "Tu as la gale." Et, au bout du compte, ce qu'on décide de changer, c'est mon prénom, pas mon nom ! J'ai fait confiance aux adultes mais j'ai perdu confiance en moi. Pour la retrouver il m'a fallu faire un long travail. C'est pourquoi je suis si contente que les adolescents de notre époque puissent faire valoir leur manière de penser, leur esprit neuf, leur enthousiasme. »

France Gall positive, confesse que les choses incroyables que le destin donne à surmonter font avancer vers une meilleure compréhension de la vie. Et puis, quand on lui demande pourquoi, tout au long du film, on la voit tripoter son pied nu, elle dit qu'elle ne s'en est pas rendu compte au tournage et qu'elle ne trouve pas d'explication. Et quand on lui propose une traduction lacanienne en lui disant qu'elle a dû « prendre son pied » à renouer le dialogue avec le public qui l'aime, elle se contente, en guise sans doute d'acquiescement, d'éclater de rire !

« Je sais où je dois aller... »

Pendant l'enregistrement de son « autoportrait », tandis qu'elle a demandé à un journaliste placé derrière la caméra qui la filme en plateau de lui poser des questions qui vont nourrir et relancer son commentaire sur les images, la machine s'enraye. Entre le préposé à l'interview et France, le courant ne passe pas suffisamment bien pour qu'émotion et énergie ne se révèlent ni trop présentes ni trop effacées.

France demande donc à Alain Morel, que la tragique journée du 2 août 1992 a autant lié à sa carrière qu'à son destin, de jouer les questionneurs. Leurs retrouvailles sont si chaleureuses qu'à l'issue de la production, dont elle supervisera le montage tout au long de cet été 2001, elle lui propose de rédiger avec elle une biographie de Michel qui sera incluse dans le coffret de l'intégrale Berger prévue par Universal en diffusion pour les fêtes de fin d'année 2002.

Leur travail en commun se déroule donc tout au long de l'été 2002. France s'y adonne avec passion, régulièrement recadrée dans ses trop-pleins de confidences par un Raphaël plus que vigilant.

Elle semble aller plutôt bien, confectionnant elle-même de plantureuses salades estivales et travaillant avec ferveur, n'exigeant pour répit que la demi-heure télévisuelle quotidienne du « Maillon faible » où ses rires s'entremêlent aux impertinences de Laurence Buccolini, et ses soirées consacrées à la lecture.

En octobre 2001, la diffusion de l'autoportrait a été un véritable carton. Une grosse chaîne concurrente commande à France un second film plus axé, cette fois, sur Michel. Elle accepte.

En décembre 2002, juste avant que TF1 ne le diffuse, la veille de la Saint-Sylvestre, France 3 reprogrammera, pour sa part, l'autoportrait de France. Ce sont au total près de 15 millions de téléspectateurs qui profiteront de cette guerre des télés pour rendre hommage à Michel, quatre mois après le dixième anniversaire commémoratif de sa mort.

L'année suivante, 2003, France la consacrera à l'élaboration de sa propre intégrale *Évidemment*, composée de treize CD et de plusieurs DVD regroupant huit albums studio mais aussi huit concerts *live* et des extraits de *Starmania* et d'*Angelina Dumas*.

Sa sortie, en octobre 2004, correspondra, à ce jour, à la dernière phase « promo » de l'histoire de France. Depuis, seules les multiples déclarations de Véronique Sanson (dans des émissions de télévision à grand public, sur plusieurs chaînes) sur sa liaison passée avec Michel et la prétendue poursuite, durant leurs carrières respectives, d'un dialogue amoureux à travers leurs chansons, ont fortement fâché France qui jusqu'alors faisait plutôt amie-amie avec elle. Au point même d'avoir dans le passé partagé le micro pour des duos, comme, en février 1994, dans « Taratata », l'émission de variétés de Nagui, où elles avaient chanté dans une magnifique complicité rieuse *La Groupie du pianiste* et *Je reviens de loin*. Mais là, trop, c'est trop ! On ne rit plus. Le CD *D'un papillon à une étoile*, comprenant 13 titres de Berger, comme *Pour me comprendre*, *Le Paradis blanc*, *Attends-moi*, *Si tu t'en vas*, *L'Amour est là*, *Peut-être toi, peut-être moi*, est ressenti comme une indécence. Sans parler de *Lumière du jour*, qui y figure aussi et qui, rappelons-le, avait été offert au début des années 80 à France par son créateur de mari émerveillé par elle, amoureux d'elle... alors que Véronique avait disparu de son horizon depuis des années.

En 2005, dans le magazine *VSD*, France tient à faire quelques mises au point musclées :

« J'assiste à la construction d'une histoire fausse et ça suffit. Il faut que cela s'arrête, dit-elle notamment. Tout a commencé après le décès de notre fille Pauline. J'étais alors en deuil. En 1999, j'ai appris que Véronique Sanson préparait un album de chansons de Michel, créées par lui ou par moi, et même une tournée. J'ai trouvé cette démarche étrange. Puis j'ai découvert qu'elle se servait aussi de moi comme "caution", prétendant avoir obtenu mon autorisation. [...] Je suis choquée que Véronique se serve du nom et des œuvres de Michel en faisant resurgir la relation qu'elle a eue avec lui lorsqu'il était un jeune compositeur inconnu. [...] Michel, lui, a tourné la page en tombant amoureux et en faisant sa vie avec moi. [...] Je défie quiconque de trouver une interview dans laquelle Michel déclare qu'il communiquait par chansons interposées avec elle. [...] Quand elle dit aujourd'hui que Michel lui a adressé *Seras-tu là ?* et qu'elle lui aurait répondu avec son propre titre *Je serai là*, alors que lui et moi commencions à vivre ensemble, elle laisse penser que Michel était quelqu'un de malsain et que notre relation était un amour de substitution ! Cela remet nos vies en question. Dix-huit ans de mariage et deux enfants ! Je ne comprends pas qu'elle s'accroche ainsi au passé. Trente-quatre ans après ! »

La chose est dite, la page est tournée. Celle-ci aussi.

*
* *

Aujourd'hui, France se passe plus que volontiers de toute agitation. Pour elle, l'avenir doit être du sur-mesure adapté à la quiétude de l'instant. Tout en se replongeant quelques instants dans le passé :

« J'écoute en ce moment des chansons de mon père, dit-elle à *Chorus* en 2005. Je viens de les retrouver et j'ai commencé à les graver sur CD. C'est ce que j'entendais quand j'étais petite. Ça rend très gai, vous ne trouvez pas ? Et maintenant, écoutez, un vrai collector : mon frère Patrice qui chante l'une des compositions de ses débuts vers 1960 : *Je suis l'oisif de l'oasis* ! C'est trop drôle ! »

On a l'impression que pour France le temps a fait une pause. Elle ne fait plus de projets à long terme, se passe de téléphone portable et se félicite que son fixe sonne de moins en moins souvent. C'est elle qui décide quand elle a envie de joindre ses amis et cela peut alors durer des heures ! Désormais, elle choisit. C'est ainsi qu'elle ose éconduire Pascal Obispo qui lui apporte un album tout prêt de chansons écrites pour elle ! Et, bien que se déclarant inconditionnelle de la *Star Ac'*, elle refuse aussi ses récurrentes invitations et affirme que la version « mollassonne » de *Musique* enregistrée par les élèves était un contresens.

Quand le magazine féminin *Elle* lui demande si elle craint de vieillir, elle répond sereinement : « Ce n'est pas si mal de vieillir. On fait ce que l'on veut, on n'a pas les mêmes envies. Seuls les sots se lamentent de vieillir. Et puis, j'ai appris que la vie, ce n'est pas quelque chose qui peut s'arrêter. La vie, c'est plus que ce que l'on peut vivre sur terre. »

« Plus les mêmes envies. » Mais quelles sont les siennes aujourd'hui ? Celle, par exemple, de soutenir, comme toujours, des personnes en détresse et des associations animées par quelques verbes simples. Aller vers les autres. Donner. Partager.

C'est ainsi qu'en novembre 2006 elle accepte d'être la marraine de l'opération Cœurs d'Or, dont l'action est de lutter contre l'exclusion, notamment de jeunes femmes en détresse.

« Ces femmes ont été maltraitées, niées, humiliées, considérées comme inférieures, confie-t-elle au journal *Pèlerin*. Quelle misère ! Je suis contente d'être présente près d'elles dans cette opération. Je les écoute et je leur passe des chansons qui leur parlent, comme *Les Couloirs des Halles*, le duo que nous avions enregistré Michel et moi dans l'album *Double Jeu* en 1992, et qui évoquait justement les filles qui vivaient dans la rue. Ou encore, du même album : *Toi, sinon personne*. Pour Monique Chasserio, la fondatrice de l'association Cœurs de Femmes, qui a monté cette opération Cœurs d'Or, je suis la preuve vivante que l'on peut s'en sortir ! »

Preuve ultime, aussi, s'il en faut, que France ira jusqu'au bout de cet engagement : elle qui ne veut plus se montrer sur le petit écran accorde, le 7 décembre 2006, une interview au journal télévisé de France 2, afin de porter le plus haut possible la défense de cette cause qui lui tient désormais tant à cœur. Au point de consacrer du temps à discuter avec l'architecte Joël Gimbert de projets de maisons d'accueil à Guérande, financés par des dons publics. Au point de s'investir pour les aider à trouver cet argent. D'alerter les politiques.

À des proches, elle s'est déclarée très heureuse, même si son cœur a toujours penché à gauche, que Nicolas Sarkozy cite le travail de l'association lors du débat du 2 mai 2007 qui l'opposait à Ségolène Royal à la télévision dans le cadre de la course à la présidence et qu'il promette, une fois élu, d'aider la cause des femmes martyrisées.

« Ce serait difficile pour moi s'il s'agissait d'enfants, raconte-t-elle encore au *Pèlerin*. Un enfant à la rue, c'est le bout du malheur. C'est d'ailleurs pourquoi, à Dakar, je soutiens le SAMU social qui recueille les enfants des rues. Je les invite à la maison, dans mon île, on déjeune, on fait de la musique. Mais c'est très dur d'épauler des enfants. Une femme en souffrance, une adulte, peut mieux comprendre. Mona a l'intention d'ouvrir une maison à Dakar pour les femmes de la rue. Moi, chez moi, là-bas, j'ai engagé une femme divorcée qui a quatre enfants. Forcément elle, et pas une autre, parce que c'est du boulot pour faire vivre tout ce monde-là. Une maison, c'est important, c'est une sorte d'enveloppe protectrice. Moi, la mienne, à Dakar, m'a aidée à guérir… »

Voilà. France en est là. Elle aura soixante ans en octobre 2007. Cela fait quarante-trois ans qu'elle a sorti son premier 45 tours. Elle a vendu depuis près de 20 millions de disques et fait le tour du monde dans tous les sens. Elle a été tour à tour adulée, fêtée, oubliée et enfin portée définitivement aux nues par un public finalement fidèle. En s'éloignant volontairement du show-business, de son stress et de sa folle pression médiatique, elle a trouvé une sérénité qui lui permet de décider quand et où elle veut se montrer publiquement.

Dans sa vie personnelle, elle a cherché et trouvé peu à peu un équilibre en harmonie avec sa volonté d'aller vers l'essentiel. En privilégiant le silence de la réflexion et la simplicité : « Je crois avoir mérité de déposer les armes », affirme-t-elle au *Figaro* en 2004, confiant à *Paris Match* la même année : « La simplicité est garante de vérité. J'ai appris à aimer la solitude, alors qu'autrefois, j'en avais une peur panique. Il fallait que je sois toujours entourée. Et Dieu sait si je l'étais ! Maintenant, ce vide, c'est le comble du bonheur ! Ce n'est pas une fuite, un refus, mais réfléchir encore, loin de tout. Avant, j'avais peur de l'avenir quand tout mon monde était là. Maintenant, je ne le crains plus… Je n'ai plus peur de rien. Heureuse ? Être heureux c'est se lever le matin et en être content. Dans ce cas, oui, je suis heureuse. Je sais où je dois aller… »

Discographie

45 tours et singles édités en France

1963 : *Ne sois pas si bête*, adaptation par Pierre Delanoë de *Stand a little closer*, chanson américaine

1964 : *N'écoute pas les idoles*, paroles et musique Serge Gainsbourg

1964 : *Jazz à gogo*, paroles Robert Gall, musique Alain Goraguer

1964 : *Laisse tomber les filles*, paroles et musique Serge Gainsbourg

1964 : *Sacré Charlemagne*, paroles Robert Gall, musique Georges Liferman

1965 : *Poupée de cire, poupée de son*, paroles et musique Serge Gainsbourg

1965 : *Attends ou va-t'en*, paroles et musique Serge Gainsbourg

1965 : *Nous ne sommes pas des anges*, paroles et musique Serge Gainsbourg

1966 : *Baby Pop*, paroles et musique Serge Gainsbourg

1966 : *Les Sucettes*, paroles et musique Serge Gainsbourg

1966 : *Bonsoir John John*, paroles Gilles Thibault, musique Claude-Henri Vic

1966 : *Oh ! Quelle famille,* paroles Robert Gall, musique Georges Liferman

1966 : *Tu n'as pas le droit,* paroles Jean-Max Rivière, musique Gérard Bourgeois

1967 : *Néfertiti,* paroles et musique Serge Gainsbourg

1967 : *Bébé requin,* paroles Jean-Michel Rivat, musique Gérard Bourgeois

1967 : *Toi que je veux,* paroles de Jean-Michel Rivat et Frank Thomas, musique de Joe Dassin

1968 : *Le Temps du tempo,* paroles Robert Gall, musique Alain Goraguer

1968 : *Y'a du soleil à vendre,* paroles Robert Gall, musique Hubert Giraud

1968 : *24/36,* paroles Jean-Michel Rivat et Franck Thomas, musique de Joe Dassin

1969 : *Homme tout petit,* paroles de Jean-Michel Rivat et Frank Thomas, musique de Jean-Pierre Bourtayre

1969 : *Les Années folles,* adaptation de Boris Bergman du titre américain *Gentlemen Please*

1969 : *Baci, baci, baci,* adaptation d'Eddy Marnay d'un texte italien

1970 : *Zozoï,* paroles Robert Gall, musique Nelson Angelo

1970 : *Les Éléphants,* paroles Jean Schmitt, musique Jean Géral

1971 : *C'est cela l'amour,* paroles Jacques Lanzmann, musique Paul-Jean Borowsky

1971 : *Chasse-neige,* paroles Étienne Roda-Gil, musique Julien Clerc

1972 : *Frankenstein,* paroles et musique Serge Gainsbourg

1972 : *Cinq Minutes d'amour,* paroles Jean-Michel Rivat et Frank Thomas, musique Roland Vincent

1973 : *Plus haut que moi,* adaptation Yves Dessca et Jean-Michel Rivat de l'original *Maria vai com as outras* de Toquinho et Vinicius de Moraes

mai 1974 : *La Déclaration d'amour,* paroles et musique Michel Berger

octobre 1974 : *Mais, aime-la,* paroles et musique Michel Berger

janvier 1976 : *Comment lui dire,* paroles et musique Michel Berger

avril 1976 : *Ce soir, je ne dors pas,* paroles et musique Michel Berger

juin 1976 : *Ça balance pas mal à Paris,* paroles et musique Michel Berger (Duo avec Berger, extrait du conte musical télévisé *Émilie ou la Petite Sirène*)

mai 1977 : *Musique,* paroles et musique Michel Berger

octobre 1977 : *Si, maman, si,* paroles et musique Michel Berger

janvier 1978 : *Le Meilleur de soi-même,* paroles et musique Michel Berger

mars 1978 : *Viens, je t'emmène,* paroles et musique Michel Berger

janvier 1979 : *Besoin d'amour,* paroles Luc Plamondon, musique Michel Berger (extrait de *Starmania*)

juin 1980 : *Il jouait du piano debout,* paroles et musique M. Berger

octobre 1980 : *Bébé, comme la vie,* paroles et musique Michel Berger

octobre 1980 : *Donner pour donner,* paroles Michel Berger et Bernie Taupin, musique Michel Berger, en duo avec Elton John

1981 : *Tout pour la musique,* paroles et musique Michel Berger

1981 : *Résiste,* paroles et musique Michel Berger

mai 1981 : *Amor tambien,* paroles et musique Michel Berger

avril 1984 : *Débranche,* paroles et musique Michel Berger

septembre 1984 : *Hong Kong Star,* paroles et musique Michel Berger

février 1985 : *Calypso,* paroles et musique Michel Berger

mai 1985 : *Cézanne peint,* paroles et musique Michel Berger

avril 1987 : *Babacar,* paroles et musique Michel Berger

août 1987 : *Elle, elle l'a,* paroles et musique Michel Berger

mars 1988 : *Évidemment,* paroles et musique Michel Berger

mai 1992 : *Laissez passer les rêves,* paroles et musique Michel Berger, en duo avec Michel Berger

octobre 1992 : *Superficiel et léger,* paroles et musique Michel Berger

janvier 1993 : *Les Élans du cœur,* paroles et musique Michel Berger

novembre 1993 : *Mademoiselle Chang* (live)

novembre 1993 : *Si, maman, si* (live)

décembre 1993 : *Il jouait du piano debout* (live)

février 1994 : *La Chanson de la négresse blonde* (live)

mars 1994 : *Le Paradis blanc* (live)

novembre 1994 : *Les Princes des villes*

mars 1996 : *Plus haut*

novembre 1996 : *Privée d'amour*

octobre 1996 : *Message personnel*

février 1997 : *Résiste* (remix)

mai 1997 : *Attends ou va-t'en* (live)

2003 : *Zozoï,* réédition du titre de 1970.

août 2004 : *La Seule Chose qui compte,* paroles et musique Michel Berger

Albums studio édités en France depuis Michel Berger

1975 : FRANCE GALL
1977 : DANCING DISCO
1980 : PARIS, FRANCE
1981 : TOUT POUR LA MUSIQUE
1984 : DÉBRANCHE !
1987 : BABACAR
1992 : DOUBLE JEU (avec Michel Berger)
1996 : FRANCE

Albums live parus en France depuis Michel Berger

1978 : FRANCE GALL/THÉÂTRE DES CHAMPS-ÉLYSÉES
1982 : FRANCE GALL/PALAIS DES SPORTS
1985 : FRANCE GALL AU ZÉNITH
1988 : LE TOUR DE FRANCE 88
1993 : SIMPLE JE-DÉBRANCHÉE À BERCY
1994 : SIMPLE JE REBRANCHÉE À BERCY
1997 : CONCERT PUBLIC OLYMPIA ET CONCERT ACOUSTIQUE M6 (double)
2005 : PLEYEL (enregistré en 1994)

Compilations récentes

1990 : LES ANNÉES MUSIQUE (1974-1988) double CD (Warner)
1992 : POUPÉE DE SON (1963-1968) (Polydor)
1992 : POUPÉE DE SON (1963-1968) 4 CD (Polydor) BEST OF : 23 TITRES
2000 : 1968 (POLYDOR) 12 TITRES
2001 : FRANCE GALL (1963-1968) 3 CD (Polydor/Universal) 21 titres

2002 : Best of 2 CD (Polydor) 32 titres

2003 : France Gall (1963-1968) (Polydor/Universal) 12 titres

2003 : Baby pop (Polydor/universal) 12 titres

2004 : Évidemment (Années Berger) 1 CD (Warner)

2004 : Évidemment (Années Berger) 2 CD (Warner)

2004 : Évidemment (Années Berger) 3 CD (Warner)

2004 : Évidemment (Intégrale des années Berger) (Warner)

2005 : Quand on est ensemble (Incontournables chansons Berger/Gall) (Warner)

2006 : GOLD (Polydor) 32 titres

Quelques ventes d'albums depuis Berger

Babacar : Plus d'un million (certifié Diamant)

Paris France : 860 000 (Double platine)

Tout pour la musique : 858 000 (Double platine)

Les années musique 90 : 682 000 (Double platine)

Débranche : 660 000 (Double platine)

Dancing disco : 510 000 (Platine)

France 96 : 317 000 (Platine)

Tour de France 88 : 272 000 (Double platine)

Évidemment 2004 : 234 000 (Platine)

Palais des Sports 82 : 200 000 (Or)

Plus belles chansons : 200 000 (Or)

France Gall 76 : 182 000 (Or)

Simple jeu 93 : 175 000 (Double platine)

Débranchée : 156 000 (Double Or)

France 81 : 143 000 (Or)

France Gall 64 : 143 000 (Or)

Best of 90 : 108 000 (Or)

Opéra-Rock

1978 : Starmania de Michel Berger et Luc Plamondon

1979 : Starmania, le spectacle (double live au Palais des Congrès)

Vidéos

1978 : Live au théâtre des Champs-Élysées (super 8)

1985 : France Gall au Zénith (VHS)

1988 : Le tour de France 88 (VHS)

1988 : Portrait en tournée (VHS)

1994 : Bercy 93(VHS/ Réédition en 2006 DVD Zone 2, Warner Vision France).

1997 : Concert public Olympia (VHS)

2004 : Évidemment (5 clips DVD, inclus dans édition spéciale avec CD)

2005 : Émilie ou la petite sirène 1976 (DVD Éditions LCJ)

Table des matières

Grégoire, la mémoire 7
Alain Morel, le destin 9
France, l'étoile de Berger 11
Ma déclaration 18
L'histoire de France 23
Une gloire si brûlante 39
L'homme impossible 60
Dur, dur d'être une idole 69
Premiers pas d'adulte 79
Julien 86
Le prince de la chanson 94
Toujours plus haut 123
La facture 127
J'arrête, c'est décidé 147
Vers le paradis blanc 154
Veuve, un mot inadmissible 167
Je ne me repose plus sur personne 178
Après la renaissance, il reste à vivre 183
Olympienne 190
Survivre 196
Quelque chose de Johnny 199
L'autoportrait 203
« Je sais où je dois aller... » 207

Discographie 215

8969

Composition
PCA

Achevé d'imprimer à La Flèche
par BRODARD ET TAUPIN
le 4 mai 2009.

Dépôt légal mai 2009.
EAN 9782290014745

ÉDITIONS J'AI LU
87, quai Panhard-et-Levassor, 75013 Paris

Diffusion France et étranger : Flammarion